Bibliografische Information der Deutschen Nationalbibliothek: Die
Deutsche Nationalbibliothek verzeichnet diese Publikation in der
Deutschen Nationalbibliografie; detaillierte bibliografische Daten sind im
Internet über dnb.dnb.de abrufbar

ISBN: 9783752840384

Gitta Glöckner

Der Zauberspiegel

Rhodos – Märchen und Geschichten

INHALTSVERZEICHNIS

Geschichten

Märchen

Das Touristen- ABC

Einstimmung

A - Alles ist erlaubt

B - Bequemlichkeit

C - Cleaning

D - Deutsch oder Griechisch

E - Erlaubnis zum Entern

F - Foto – Fieber

G - Gedankenspiel

H - Honeymoon

I - Ignoranz

J - Junge Alte

K - Katze im Sack

L - Lernen an Bord

M - Massenansturm

N - Normen

O - Obulus

P - Partytime

Q - Quinn, Anthony

R - Reparatur auf See

S - Segel setzen

T - Toleranz

U - Unwiderstehliche Tiefe

V - Verführung

W - Wortreiche Begleitung

X - Xanthippe

Y - Yawl ahoi

Z - Zu langweilig

Eine Erinnerung

Mein Lieblingsbild

GESCHICHTEN

Das Sommerhaus

Meine Sommer verbringe ich am Mittelmeer.
Seit Jahren bewohne ich an der Nordspitze einer der größten Dodekanes-Inseln ein Häuschen. Es ist mehr lang als breit, ca. 18 mal 6 Meter. Neben einem Eingangsbereich hat es einen großen Vorraum, den ich als Wohnküche nutze. Sechs kleinere Zimmer verteilen sich auf den übrigen Raum meines Zuhauses. Jeder Raum hat ein eigenes kleines Minibad mit WC und Waschbecken. Den größten Platz im Geviert nimmt jeweils das Bett ein. Ich kann schon sagen, es ist das bestimmende Möbelstück. Noch ein Schrank dazu – die idealen Gästezimmer.
Die Terrasse liegt über den vorderen vier Räumen und zeigt direkt aufs Meer. Eine weitere Dachterrasse bietet zusätzliche Nutzmeter.
Der Keller ist den notwendigen technischen Anlagen vorbehalten.
Jeden Tag bewirte ich Gäste. Mal besuchen mich nur ein Urlauberpärchen oder ein, zwei Familien. Oft ist es jedoch eine größere Zahl an Besuchern, die sich gern auf meinen Terrassen ausbreiten.
Am Nachmittag und Abend aber gehört das Haus fast ausschließlich mir allein.
Einen riesigen Vorteil gegenüber herkömmlichen Sommerhäusern hat meines auf jeden Fall.
Es ist beweglich! Es schwimmt!
Frühmorgens mache ich die Leinen los und gehe auf Entdeckungsreise.
Mein über alles geliebtes Sommerhaus ist ein Schiff!

Der neidische Nachbar

Es waren einmal, in einer Reihe vieler anderer, zwei nebeneinander liegende wunderschöne Schiffe im Mandraki-Hafen. Das eine, die „Pirat", war 68 Fuß lang und eine typische Yawl. Die „Pirat" unternahm touristische Ausflugsfahrten und dafür saß ich auf dem Boot. Ich war Ansprechpartnerin und Ticketverkäuferin für jeden Interessierten.

Neben der „Pirat" lag die nur etwa halb so große „Design", eine private Segelmotorjacht, die dem Hochschullehrer Michalis gehörte. Der verbrachte jede freie Minute auf seiner Jacht, auch wenn die Mittagspause manchmal nur Zeit für einen Kaffee ließ.

Michalis und ich teilten die Liebe zum Meer und die Leidenschaft für das Segeln. Ich mochte es, Tickets unter die Leute zu bringen, das Boot mit Sonnenhungrigen zu füllen, um so den nächsten Tag auf dem Meer verbringen zu können. Doch am Anfang der Saison brauchte es immer viel Ausdauer und auch Geschick, die Urlauber für eine Bootsfahrt zu begeistern.

Die „Pirat" lag nun bereits fünf Tage hintereinander im Hafen. Die badewütigen Touristen waren noch nicht so zahlreich und auch das Wetter half nicht gerade. Es war überwiegend wolkig und an den Abenden wehte ein frischer Wind.

Ich hatte einen wirklich schlechten Tag, wenig Sonne, kaum Publikum, keine Buchungen. So war ich doch ein wenig genervt und mittlerweile so schlechter Laune, dass ich schon hoffte, heute mit gar keinem mehr reden zu müssen. Und dieser ewig gleiche Anblick der Mole mit ihren Straßencafes und den vorbei fahrenden Autos und Bussen voller Touristen langweilte mich.

Ich war gerade dabei, mir einen Tee zuzubereiten, als ich vom Nachbarboot ein Geräusch hörte. Michalis war gekommen – ein kleiner Lichtblick in Mitten meiner öden Idylle. Michalis öffnete sein Schiff und verschwand in der Kombüse, um mit einem Glas Frappee wenig später wieder aufzutauchen. Wir begrüßten einander. Was dann folgte, war ein langes gemeinsames Schweigen. Plötzlich ein Seitenblick und ein so völlig unerwarteter Kommentar von Michalis:

„Du kannst den ganzen Tag hier am Mandraki sitzen und all die Leute beobachten – die alten und jungen, die komischen, die merkwürdigen, Touristen und Einheimische, Spaziergänger und Angler – weißt du eigentlich, wie sehr ich dich darum beneide?"

Mein sprachloser Blick traf auf Michali's große glänzende Augen.

Gedanken eines blauen Plastikstuhls

13.58 Uhr!

Pffff! Endlich erhebt er sich. Mittagspause!

Ich mag seinen Hintern nicht.

Nein, ich mag es überhaupt nicht, wenn er auf mir sitzt.

Er tut es in einer überheblichen Art. Das würde ich wenigstens antworten, wenn mich jemand fragen würde.

Ja, der Mann, der mich täglich als Sitzplatz benutzt, bewegt sich arrogant und sieht auf die anderen neben sich herab. Oftmals erwidert mein Benutzer nicht einmal die an ihn gehenden Grüße. So zum Beispiel von dem hilfsbereiten Schweizer, der die Tauchtickets verkauft. Oder von der adretten Deutschen mit dem netten verspielten kleinen weißen Hund vom Ausflugsschiff drei Liegeplätze weiter. Nett meine ich, weil er mich nie als Ersatzbaum benutzt wie andere seiner Herkunft.

Am Anfang fand ich es ja großartig, am Hafenleben teilhaben zu können. Den ganzen Tag kann ich den Trubel hier beobachten, die Schiffe, die Touristen, den Verkehr.

Aber wenn ich nicht gerade das Gewicht meines Benutzers ertragen muss, stehe ich ungeschützt in der heißen Mittagssonne und das schadet meiner schönen Farbe.

Ich will nicht langsam verblassen!

Seit ich hier stehe, hat mich das Fernweh ganz langsam überrollt. Wenn man, so wie ich, jeden Tag im Sommer die Jachten beobachtet, die in den Hafen einlaufen, für Stunden oder Tage ankern und dann weiter ziehen wie wunderschöne freie weiße Vögel, dann fange sogar ich an zu träumen.

Vielleicht muss es aber auch kein Traum bleiben.

Gegenüber, auf der anderen Seite des Hafenbeckens liegt vielleicht ein Vögelchen vor Anker! Zweistöckig, hervorragend gepflegt, mit einer steilen sexy Buglinie.

Soll ich es wagen?

Was habe ich schon zu verlieren außer meinem Molenplatz und dem dicken Hinterteil meines einzigen Sitzers!

Na dann, Stuhl los! Der Wind steht günstig und weht heute besonders kräftig.

Schuckel – schuckel – nun ist die Lehne voll am Wind.

Uch! Auweia! Oooooh! Ist das aber kalt und nass. Ups, ich bin schon im Hafenbecken gelandet. Meine Körperlage ist auch nicht besonders komfortabel, ich treibe mit den Beinen nach oben. Doch die Richtung stimmt! Ich helfe ein bisschen nach und drehe mich optimal in den Wind... und langsam, langsam bewege ich mich auf mein Ziel zu. Es ist schon ein seltsames Gefühl. So aus dem alten Leben in ein neues zu treiben.

Jetzt habe ich den Bug meines Traumschiffes erreicht. Auf dem ersten Deck sehe ich eine junge Frau und einen jungen Mann bei Putzarbeiten. Da sie beide gleiche Kleidung tragen, gehören sie wahrscheinlich zur Crew. Aufgeregt bewege ich mich auf und ab, meine vier blauen Beine den beiden entgegen streckend.

Was, wenn sie mich nicht bemerken. Kalte Angst greift nach mir wie das dunkle Wasser des Hafens.

Aber heute ist DER TAG in meinem Leben!

Eine starke Männerhand greift nach meinem vorderen linken Bein und mit einem Ruck geht es raus aus dem Wasser und rauf auf's Deck.

Zur Begrüßung gibt es eine angenehme lauwarme Dusche. Von der jungen Frau werde ich danach liebevoll mit einem Frotteetuch trocken gerieben.

Nun trägt sie mich auf das kleine Zwischendeck zur Erholung.

Ich bin allein. Nein, doch nicht. Da kommt sie zurück, in Begleitung meines Retters, der zwei Kaffeetassen trägt.

Langsam senkt sich die junge Frau auf mich herab. Welch leichtes Gewicht! Welch ein sexy Anblick!

Oh, wie schön kann das Leben sein, wenn man bereit ist, dafür auch etwas zu riskieren.

14.17 Uhr. Leinen los! Wohin wird es wohl gehen?

MÄRCHEN

Das merkwürdige Segelboot

Vor sehr langer Zeit lebte in einem Dorf an der Westspitze der Insel Rhodos ein Bauer mit seinem kleinen Sohn. Die Mutter des Jungen mit dem Namen Stavros war bei seiner Geburt gestorben.

Obwohl Stavros noch klein war, half er dem Vater bei der schweren Arbeit auf dem Hof. Er versorgte die Ziegen und Hühner, reinigte die Bienenkörbe, achtete auf die Weinstöcke und half später bei der Weinlese und der Honigherstellung.

Natürlich fütterte er auch das Pferd des Vaters und den Hofhund. Besondere Freude hatte er an einem bunten Papagei, den ihm sein Vater zum vergangenen Geburtstag geschenkt hatte. Zu seinen Freunden gehörten auch noch ein altes Huhn, das schon lange keine Eier mehr legte und ein Hase, den der Junge einmal im Gemüsegarten überrascht hatte. Stavros fand es so lustig, dem Hasen beim Mümmeln einer Mohrrübe zuzusehen, dass er ihn nicht vertreiben mochte. So wurde der Hase ein ständiger Besucher im Gemüsegarten hinter Vaters Haus.

Für damalige Verhältnisse war Stavros` Vater sehr wohlhabend. So boten sich ihm viele Möglichkeiten, als er nach einer neuen Ehefrau für sich und Mutter für seinen kleinen Stavros suchte.

Der Vater ließ sich Zeit bei der Suche, wägte die Schönheit der einen gegen den Fleiß der anderen, den Verstand gegen die Kinderliebe, den Spaß an der Arbeit gegen die gepriesene Kochkunst dieser und jener gegeneinander ab. Seine Wahl fiel schließlich auf die stolze Tochter des Bäckermeisters aus dem Nachbarort. Jung, schön und sehr selbstsicher hatte diese den Bauern beharrlich umgarnt. Frühzeitig hatte sie von ihrer Mutter gelernt, wie man bekommt, was man will. Und das, was sie wollte, war der prachtvolle Bauernhof, der mit all seinen Tieren und Gütern einen hervorragenden Verkaufspreis erzielen würde.

Wie so oft im Leben, merkte unser gutmütiger Bauer erst zu spät, welchen Fehler er mit der Wahl der neuen Ehefrau gemacht hatte. Ihre zänkischen Reden, ihre Faulheit und die Ablehnung, die sie ihrem Ehemann und seinem Sohn entgegen brachte, machten den Bauern erst traurig und dann krank.

Eines Morgens erwachte die Sonne am Himmel, die Tiere in den Ställen, die böse Stiefmutter und Stavros in ihren Betten – der Vater hingegen erwachte nicht mehr. Nie wieder.

Niedergedrückt von der Last seines Versagens bei der Wahl einer guten Frau und Mutter, hatte er sich am Abend krank am Herzen ins Bett gelegt und den Tod willkommen geheißen.

Der Hof trauerte. Stavros weinte um den geliebten Vater, das Pferd senkte tief seinen Kopf, der Hund verkroch sich im Stroh. Die Hühner legten dieser Tage keine Eier mehr, die Ziegen vergaßen zu meckern, die Bienen sammelten keinen Nektar und der Hase ließ die langen Ohren hängen vor lauter Traurigkeit.

Nur die Bauersfrau triumphierte. Sie tanzte in der kleinen Stube umher. Aber dann fiel ihr Blick auf das Kind, das draußen am Brunnen saß und weinte. Zornig ballte sie ihre Fäuste. Der Junge war der Hoferbe. Er stand zwischen ihr und dem Reichtum. Ihr gehörte der Hof – der Junge musste verschwinden!

Die böse Frau war keine Zauberin, aber sie hatte von ihrer Mutter so einiges über Kräuter gelernt: welche zum Beispiel bei Krankheiten halfen oder, im Gegensatz dazu, welche genau das, Krankheiten nämlich, verursachten. Stavros war viel zu bekümmert, um den andersartigen Geschmack in den Speisen zu erkennen. Gut, dass seine Freunde so auf ihn aufpassten!

Der Hase hatte die Frau beim Kräuter pflücken beobachtet. Das Pferd hatte den Kopf durch das Küchenfenster gesteckt und gesehen, wie sie verschiedene Kräuter kochte und ins Essen gab, von dem sie selbst aber seit Tagen nichts anrührte.

Schließlich waren die Bemühungen des Papageis erfolgreich. Sein Gekrächze: „Nein! Nein!" und „Aua! Aua!" weckten den traurigen Jungen aus seiner Melancholie.

Erstaunt sah er, wie das alte Huhn vorsichtig von seinem Teller pickte, als die Bauersfrau in die Speisekammer eilte, dann die Augen verdrehte, melodramatisch zu Boden fiel und die zwei dünnen Beinchen in die Luft reckte, während es so auf dem Rücken da lag. Sein geliebter Hund zog ihn dann später am Abend zu dem Kräuterversteck. Endlich verstand Stavros, was die Tiere ihm sagen wollten. Die Stiefmutter wollte ihn langsam vergiften. Deshalb fühlte er sich schon seit Tagen so müde. Schlecht war ihm auch ständig und ja, das Essen hatte doch schon ein wenig seltsam geschmeckt, seit Vaters Tod.

Stavros hockte sich auf das untere Kaminsims. Die Tiere saßen und lagen um ihn herum und sahen ihn mit großen Augen an. Da klopfte der Papagei mit dem Schnabel gegen das Holz, auf dem er saß. Das hatte Stavros` Cousin Nikos mit gebracht. Das Pferd hob ein Bein und Stavros konnte das Hufeisen sehen. Richtig! Beschlagen hatte es der Onkel Takis bei seinem letzten Besuch. Der Hund lief zu seiner Schlafecke und als er zurück kam, zog er die bunte Decke hinter sich her, die Tante Despina extra für ihn mit gebracht hatte. Stavros lächelte das erste Mal seit Vaters Tod.

„Was würde ich nur ohne euch machen? Natürlich! Ich muss Hilfe holen. Wo, das habt ihr mir ja gerade gezeigt. Ich muss nach Kalymnos zu Tante Despina, Onkel Takis und Cousin Nikos!" Fünf Augenpaare sahen ihn fragend an.

„Also, … ich meinte natürlich: Wir müssen nach Kalymnos.

Jawohl – wir fahren zusammen. Aber wie stellen wir das an?"
Diese Frage zu beantworten mussten die Freunde verschieben,
denn es war Schlafenszeit.

In dieser Nacht hatte Stavros einen Traum. Sein Vater kam,
nahm ihn an die Hand und gemeinsam wanderten sie durch
das Wäldchen zu der kleinen versteckten Bucht mit dem
weichen weißen Sand. Der Vater führte ihn an die Seite, an der
ein Felsen aus dem Wasser ragte Es war gerade Ebbe und die
beiden konnten um den Steinbrocken herum laufen. Nur die
Zehenspitzen wurden ein bisschen nass. Auf der anderen Seite
war im Fels eine Höhle zu sehen. Der Vater legte Stavros die
Hände auf die Schultern, lächelte ihn liebevoll an und ...
verschwand.

Der Junge glaubte nicht an Träume. Aber der Vater war ihm so
echt erschienen. Und obwohl er den Tag hier auf dem Hof
verbrachte, war es doch besser, der bösen Stiefmutter aus
dem Weg zu gehen.

Stavros suchte sich den größten Korb, den er tragen konnte. Er
füllte ihn mit Brot und Wasser, einem Knochen und Körnern,
einer Mohrrübe und etwas Heu. Dann brachen die Freunde
auf. Am Strand mussten die sechs bis zum frühen Nachmittag
auf die Ebbe warten. Sobald es möglich war, umrundeten sie
den Felsen und standen wirklich vor dem Eingang einer Höhle!
Sie war zu niedrig, um darin stehen zu können, aber groß
genug, um – ein richtiges Wunder für die Freunde – ein
kleines, noch unfertiges Segelboot darin zu verbergen.

Gemeinsam zogen Stavros und die Tiere das Boot auf den Sand
und den restlichen Tag verbrachten sie damit, den Mast
aufzurichten und zu befestigen. Sogar zwei Stück
ungeschnittenes Segeltuch lagen verpackt mit dabei.

Der Junge betrachtete das halb fertige Boot: „Es hat noch
keine Ruderpinne und auch die Segel sind nicht fertig. Aber

jeder Tag, den ich länger bei der Stiefmutter verbringe, ist verloren! Was meint ihr, liebe Freunde? Wir haben gerade einen kräftigen Wind. Wollen wir es versuchen?" Die Tiere nickten begeistert.

Zuerst stärkten sie sich aus dem mit gebrachten Picknickkorb. Danach befestigte Stavros die Segeltuchenden am oberen Mastende, zog die Seile, mit denen das Tuch verschnürt war, nach unten, machte ein kleines Loch in das Tuch und verknotete das Seil. Pferd, Hund und Junge schoben das Boot ins Wasser. Der Papagei, das Huhn und der Hase hatten schon Platz darauf gefunden. Stavros setzte sich ins Heck des Bootes, umfasste das Stück Holz, das durch den Kiel nach oben ragte, mit der linken Hand, nahm das Seil der Segel in die rechte. Es dauerte nicht lange und der Wind füllte die Segel. Los ging die Reise nach Kalymnos!

Es war Abend geworden und die Sterne blinkten am Himmel. Stavros schaute nach oben und erinnerte sich. Weil er jedes Mal so traurig gewesen war, wenn Tante Despina, Onkel Takis und Cousin Nikos wieder nach Hause mussten, hatte seine Mutter ihm am nächtlichen Himmel eine Sternenstraße gezeigt, die Rhodos mit Kalymnos verband.

„Danke, Mama!", sagte der Junge. „jetzt weiß ich, in welche Richtung ich das Boot steuern muss."

Die Stunden vergingen. Aus dem guten Wind zu Anfang der Reise wurde ein kräftiger Sturm, der zu einem wahrhaftigen Orkan heran wuchs. Der Junge drohte die Gewalt über das Boot zu verlieren. Das Segel war nicht mehr am Wind und wedelte nur mehr nutzlos an seinem Seil hin und her.

„Wir dürfen die Richtung nicht verlieren!" rief Stavros mit ängstlicher Stimme. Er fürchtete sich hier, mitten auf dem Meer, mit seinen Freunden zu ertrinken und Tante und Onkel würden nie erfahren, was passiert war.

Doch auf seine Freunde war auch diesmal Verlass. Das Pferd setzte sich in den Bug des Bootes, stemmte die Hinterhufe gegen den Schiffsboden, die vorderen gegen den Mast und hielt mit seinem kräftigen Gebiss das Segeltuch stramm. Der Hund kletterte auf die Schultern des Pferdes und verbiss sich im zweiten Segel. Mit den Vorderpfoten umklammerte er den oberen Mastteil. Das Huhn nahm das Seil in den Schnabel und spannte es jeder Zeit so, wie der Wind kam. Es hüpfte nach hinten und vorne, nach rechts und nach links und sorgte so für allezeit prall volle Segel. Der Hase hatte das senkrechte Holz am Ruder mit den Hinterbeinen umklammert, streckte seinen Körper, hangelte mit den Vorderläufen nach beiden Seiten ins Wasser und steuerte so das Boot immer in den Wind. Die langen Ohren benutzte er als Stabilisatoren. Der Papagei saß in der Mitte des Hecks, beobachtete die Wellen, den Wind und die Wolken und krächzte seine Anweisungen. Stavros schließlich war unter die Mastspitze geklettert und hielt mit seinen ausgestreckten Armen die Seile straff, die dem Mast nach rechts und nach links Stabilität verliehen. Er konnte sich auch nur mit den Beinen am Mast fest klammern.

Stunde um Stunde verging. Die Wellen überspülten das Boot, die Tiere und der Junge waren total durchnässt. Der Wind war eisig. Die Muskeln erstarrten. Unermessliche Anstrengungen wurden Mensch und Tieren abverlangt.

Haben sie es geschafft? Sind sie in Kalymnos angekommen?

Natürlich haben sie es geschafft! Solch eine große Freundschaft, so ein großer Zusammenhalt untereinander werden immer belohnt: Mit den ersten Sonnenstrahlen des neuen Morgens zogen die Fischer von Kalymnos mit ihren Booten hinaus auf Fang. Zwei Meilen vor der Insel fanden sie das treibende, merkwürdig aussehende kleine Segelboot mit den erstarrten Tieren und dem verkrampften, Fieber heißen

Kind im Mast.

Die Bewohner von Kalymnos liefen am Hafen zusammen, als die Fischer schon so bald nach der Ausfahrt und noch dazu in Begleitung eines wunderlichen Bootes zurück kehrten. Auch Onkel Takis bestaunte das halb fertige Boot, die Tiere, die sich noch immer nicht regten und er erkannte seinen Neffen Stavros!

Nach wenigen Tagen schon war Stavros wieder gesund, dank der Pflege von Tante Despina, Onkel Takis und Cousin Nikos. Die Nachbarn hatten sich liebevoll um die fünf tierischen Freunde des Jungen gekümmert.

Was war das für eine Freude, als die Sechs sich endlich wieder sahen! Es war ein Wiehern und Bellen, ein Gackern und ein Krächzen, als wenn sich hundert Tiere versammelt hätten.

Hier und vor allen Leuten erzählte nun Stavros auch endlich seine traurige Geschichte vom Vater und der bösen Stiefmutter, seinem Traum und der einzigartigen Fahrt mit dem Segelboot.

Die Stiefmutter brauchte nicht lange auf ihre Bestrafung zu warten. Sie wurde nach Kalymnos gebracht und in dem halb fertigen Boot mit Wasser und Brot ausgesetzt. Man hat nie wieder von ihr gehört.

Bis Stavros selbst zur Übernahme des Hofes in der Lage und alt genug war, wurde das Gut verpachtet.

Zu Ehren dieser einmaligen Freundschaft zwischen Mensch und Tieren wurden die Teile des Bootes, die die Tiere und Stavros ersetzt hatten, nach ihnen benannt:

Lagoudera = Lagos = Hase = Pinne
Skilakia (Fock) = Skilos = Hund = Stagreiter
Kavalerides (Haupt) = Aloga = Pferd = Stagreiter
Papadia = Papagalo = Papagei = Spiegel
Stavros = Saling

Der Zauberspiegel

„Melissa, wo bist du? Dimitri ist gekommen. Wir wollen doch in die neu eröffnete Eisdiele am Rhodini-Platz fahren!"

Sie hörte es an der Stimme ihrer Mutter. Wie immer, wenn Dimitris auftauchte, war sie nervös und gereizt. Dann durfte Melissa nicht bummeln. Extra laut polterte sie also die Treppe herunter.

„Kind, musst du ständig so laut sein?"

Das sagte die Mutter nur, weil Dimitri keine lauten Kinder mochte. Sie, Melissa, mochte den neuen Freund ihrer Mutter auch nicht. Aber sie fragte keiner!

Dimitris stand vor dem kleinen Gartentor. Die Mutter schloss die Haustür ab und eilte ihm entgegen. Melissa zog es vor, auf einem Bein über die Gehwegplatten zu hüpfen. Artig gab sie dem Mann am Tor die Hand. Er sah sie nur kurz an, gab der Mutter einen flüchtigen Kuss auf die Wange und drängelte zum Einsteigen.

'Gut, dass er mir keinen Kuss geben wollte.', dachte das Mädchen, als das Auto los fuhr. Sie gruselte sich schon ein wenig bei diesem Gedanken. Aber das Eis schmeckte dann doch prima. Das hatte auch nichts mit dem Freund der Mutter zu tun, er bezahlte es nur.

Abends, vor dem Einschlafen, fragte Melissa ihre Mutter:

„Du magst den Dimitri sehr, nicht wahr? Magst du ihn gern küssen?"

Überrascht schaute die Mutter sie an.

„Mhm, ich mag ihn. Du bist doch auch gern mit deinen Freunden zusammen. Ebenso bin ich nicht gern allein. So, nun schlaf, meine Prinzessin und träum was besonders Schönes!"

Melissa bekam einen Kuss auf die Nasenspitze. Dann löschte die Mutter das Licht und das Mädchen war allein in seinem

Zimmer. Doch es wollte noch nicht einschlafen.

Unten in der Wohnstube saßen jetzt Dimitris und die Mutter. Das fand das Mädchen gar nicht gut.

'Wenigstens muss ich nicht Onkel zu ihm sagen – dafür bin ich schon viel zu erwachsen ... ', dachte sie.

Melissa war sieben Jahre alt. Sie hatte grüne Augen wie ihre blonde Mutter, aber braunes Haar. Wie sie trug Melissa die Haare halb lang , so dass sie bis zu den Schultern reichten. Sie war etwas pummelig und immer – meistens jedenfalls – gut gelaunt und lustig. Sie lachte gern und mit ihren Freunden gab es viel zu entdecken.

Da war Maria – die saß in der Schule neben ihr. Ihr Vater war der Direktor der Stadtbank. Marias Mutter verkaufte Brötchen in der Bäckerei neben dem neuen Supermarkt. Christina und Evangelista waren Schwestern. Den Eltern gehörte das Blumengeschäft am alten Stadion.

Zu Melissa`s Freunden gehörte auch Kostas. Er war ein Jahr älter als die Mädchen. Der Junge wohnte im Nachbarhaus. Die Mütter von Melissa und Kostas waren Schulfreundinnen gewesen. So wie Melissa und Maria hatten sie im Unterricht nebeneinander gesessen. Kostas` Vater war Fährkapitän und deswegen oft nicht zu Hause.

Am nächsten Tag, einem Montag, gab es in den Schulpausen viel zu erzählen. Kostas hatte das Wochenende bei der Oma in Afandou verbracht. Die Schwestern berichteten von ihrem Besuch auf der Insel Chalki. Bei Melissa waren nicht so aufregende Dinge passiert. Doch die Freunde hörten gespannt zu, als sie vom Eis essen mit Dimitris sprach.

„Es ist schon in Ordnung, dass Mutter einen Freund hat. Aber muss es ausgerechnet Dimitris sein?"

Traurig schüttelte Melissa den Kopf.

„Wir könnten doch für deine Mutter einen anderen Freund suchen? Wir geben eine Anzeige in der Zeitung auf!"

Die Schwestern fanden Kostas` Idee nicht so überzeugend.

„Für die Zeitung braucht man Geld. Das ist teuer. Wir wissen das von unserem Vater. Er schimpft immer, wenn er eine Anzeige für das Geschäft aufgibt."

Auf dem Heimweg von der Schule kamen Kostas und Melissa jeden Tag an einem winzigen Buchladen vorbei. Im Schaufenster lagen bunte Bilderbücher neben solchen für Erwachsene. Die Kinder blieben gern stehen und betrachteten die Auslagen. Oft entdeckten sie Neues. Mit ihrer Fantasie erfanden sie dann Geschichten zu den Titelbildern, die sie hinter der Scheibe sehen konnten.

Manchmal, wenn gerade kein Kunde im Laden war, stand der Besitzer in der Tür und guckte in die Welt. Er winkte den beiden zu und redete mit ihnen. Nicht so, wie andere Erwachsene. Er behandelte sie so, als wären sie schon groß. Lustige Geschichten wusste er auch zu erzählen, der Herr Kastopulos. Einmal durften Melissa und Kostas den Laden besichtigen. Es regnete und Herr Kastopulos wollte, dass sie im Geschäft auf das Ende des Regenschauers warteten. Er führte sie zwischen den Regalen herum und zeigte ihnen die neuen Bücher.

Heute legte Herr Kastopulos gerade ein Buch ins Schaufenster, als die beiden Kinder vorbei kamen. Sie winkten ihm zu und Kostas drückte die Nase an die Scheibe.

„Du, guck mal! Das ist ein Buch über Piraten! Es ist ganz schön dick. Da wird es bestimmt auch sehr viel kosten. Vielleicht kann ich es mir zum Geburtstag wünschen?"

Richtig! Den hätte Melissa ja beinahe vergessen. Sie klatschte vor Freude in die Hände und jauchzte. Das hörte sogar Herr Kastopulos in seinem Laden.

„Oh, da gibt es eine große Torte und viel Kakao!"

Beim Abendbrot sprach Melissa`s Mutter von einem Telefongespräch mit ihrer Freundin Waso.

„Ich habe sie nach einer Geschenkidee für Kostas gefragt."

„Da kann ich dir was sagen, Mutti!"

Melissa berichtete aufgeregt von dem Piratenbuch. Die Mutter überlegte nicht lange.

„Was hältst du davon, wenn wir Morgen zusammen zu deinem Herrn Kastopulos gehen und uns das Buch zeigen lassen?"

„Das Buch ist aber sehr dick, Mutti"

Die Mutter verstand nicht, was Melissa ihr damit sagen wollte, deswegen setzte sie noch hinzu:

„Kostas meinte nur, dicke Bücher sind teuer."

Die Mutter lachte.

„Wir werden den Herrn Kastopulos bitten, uns den Preis zu verraten, ja?"

Damit war Melissa einverstanden.

Der folgende Schultag verging viel zu langsam. Melissa zappelte den ganzen Vormittag herum und Kostas erklärte sie:

„Heute holt mich Mutti ab, wir gehen einkaufen!"

Neugierig fragte Kostas, was sie denn kaufen wollten, aber Melissa wehrte ab.

„Na, so Frauenkram."

Endlich klingelte es nach der letzten Stunde. Melissa rannte durch den Gang zum Schulhof. Vor dem Tor saß ihre Mutter im Auto und wartete auf sie. Sie fuhren los und Melissa zeigte der Mutter den Weg.

Endlich standen sie vor Herrn Kastopulos` Laden.

„Guten Tag, Herr Kastopulos. Meine Mutti möchte sich das dicke Piratenbuch ansehen. Und wir müssen wissen, ob es sehr viel kostet, weil es doch s o viele Seiten hat. Es soll ein

Geburtstagsgeschenk für meinen Freund Kostas sein."

Herr Kastopulos begrüßte nun lächelnd Melissa`s Mutter. Er ging mit dem Mädchen zum Schaufenster und nahm das Buch heraus.

„Schön, dass ich deine Mutter auch einmal kennen lerne. Sonst kommst du ja immer mit deinem Freund allein hier vorbei."

„Ich finde es auch nett, dass ich meiner Mutti Ihren Buchladen einmal zeigen kann."

Der Ladenbesitzer überreichte der Mutter das gewünschte Buch: „Lassen Sie sich Zeit beim Anschauen, ich zeige derweil Melissa ein paar von meinen Neuzugängen."

Die Mutter kaufte das dicke Piratenbuch von Herrn Kastopulos. Der hatte Melissa vorher etwas über den Preis von Büchern erzählt. Es war also nicht nur wichtig, wie viele Seiten ein Buch hatte, sondern auch, welchen Inhalt es hatte und welches Papier verwendet wurde.

Die nächsten zwei Tage strengte Melissa sich sehr an, ihr Geheimnis für sich zu behalten. Nach Schulschluss am Donnerstag rannten Melissa und Kostas mit Maria und den Schwestern fast den ganzen Weg nach Hause. Für Herrn Kastopulos war heute keine Zeit.

Das gemeinsame Kaffeetrinken war eine fröhliche Angelegenheit. Torte essen, Kakao trinken und erzählen – und das ging doch wirklich gleichzeitig bei Kostas, Melissa, Evangelista, Christina und Maria. Die beiden Mütter beobachteten still vergnügt das Treiben der Kinder.

Die Geschenke waren waren natürlich schon vor dem Anschneiden der Torte ausgepackt worden und das dicke Piratenbuch war die Sensation des Tages.

Kostas setzte sich auf dem Fußboden, das Buch auf den Knien. Die Mädchen hockten um ihn herum und bestaunten die bunten Bilder.

„Da! Seht! Piraten finden einen Schatz!"

Kostas' Ohren glühten rot vor Aufregung.

Mitten hinein in die Schatzsuche platzte Dimitris. Melissa beobachtete argwöhnisch, wie ihre Mutter leise mit ihm diskutierte. Dimitris schüttelte immer wieder den Kopf.

Die Mutter kam zurück in die Stube und sprach ein paar Worte mit ihrer Freundin Waso. Dann zog sie Melissa aus dem Kreis der Entdecker um Kostas.

„Melissa, wir müssen leider gehen. Verabschiede dich von deinen Freunden."

Das Mädchen schaute die Mutter verständnislos an und begann zu weinen.

„Nicht doch, Liebes. Dimitris hat Morgen Vormittag einen wichtigen Termin in Symi und ich habe versprochen, dass wir ihn begleiten. Dass wir schon heute Abend hin fahren, hat sich erst kurzfristig ergeben."

„Ich will aber nicht mit fahren! Ich kann doch hier bleiben und bei Kostas übernachten. Tante Waso hat bestimmt nichts dagegen! Und Morgen ist doch sowieso Schule. Ich kann gar nicht mit!"

Die Mutter reichte dem schluchzenden Mädchen ein Taschentuch.

„Für die Schule gibt es eine Entschuldigung, ausnahmsweise. Dimitris hat schon die Fahrkarten gekauft. Wir haben zwei Tage Zeit. Wir können am Hafen spazieren gehen. Wenn die Sonne scheint, ist es auch noch nicht zu kalt. So, nun komm! Dimitris wartet schon ..."

Damit beendete die Mutter die Diskussion. Sie half Melissa in ihren blauen Anorak. Gleich darauf saßen sie, Melissa ziemlich missmutig, im Auto. Die Freunde sahen ihr einen Augenblick traurig hinterher, dann blätterten sie weiter i n dem neuen, dicken Buch.

Melissa hatte die Hände tief in den Taschen ihres Anoraks vergraben. Sie waren zu Fäusten geballt. Für die Erwachsenen war Geburtstag vielleicht nicht so wichtig. Aber Melissa hatte sich schon so lange auf diesen Tag gefreut. Und nun saß sie im Auto mit diesem schrecklichen Dimitris, obwohl sie lieber mit den anderen Kindern in die Piratentruhe hinein geschaut hätte.

Es war eine langweilige Fahrt mit dem Auto, dann mit der Fähre. Melissa war wohl eingenickt, denn plötzlich rasselte die große Ankerkette der Fähre so laut in das Hafenbecken von Symi, dass sie erschrocken hoch fuhr.

Das Hotel hatte nur zehn Zimmer, wie die Mutter ihr erklärte. Von ihrem Zimmerfenster aus konnte das Mädchen die Bucht und den Hafen überblicken. Das erinnerte sie wiederum an die Piraten, das Buch, die anderen Kinder und machte sie noch betrübter.

Nach dem späten Abendbrot brachte die Mutter Melissa ins Bett.

„Schlaf schön. Morgen machen wir eine Strandwanderung. Wir werden Muscheln suchen und schöne Steine. Ich gehe jetzt noch mit Dimitris in die kleine Bar nebenan. Du bist ja schon groß und hast keine Angst hier allein?"

Prüfend sah die Mutter Melissa ins Gesicht. Diese unterdrückte ihre Angst und kämpfte doch mit den Tränen.

„Aber nein, Mutti. Ich bin auch ganz müde."

Als sie dann allein war, schlüpfte sie aus dem Bett und hockte sich auf den Sessel am Fenster. Es war dunkel und vom Wasser waren nur die hellen Schaumkronen zu sehen, die an den Kai schlugen. Melissa begann, mit offenen Augen zu träumen. Sie stellte sich vor, wie es wäre, wenn die Mutter einen Freund hätte, der auch sie leiden mochte, mit ihr spielen oder ihr die schweren Hausaufgaben erklären würde. Mit so einem Freund konnte sie bestimmt auf Schatzsuche gehen, so wie die Piraten in Kostas' Buch auch.

Seufzend legte sich das Mädchen ins Bett. Ihr fiel ein, dass es im Märchen oft eine gute Fee gab, die einen Wunsch erfüllte.

„Bitte, bitte, liebe Fee. Ich wünsche mir so sehr einen lieben Freund für die Mutti und mich. Und mach, dass Mutti sieht, dass Dimitris nicht gut für uns ist."

Ganz leise sprach sie die Sätze vor sich hin. Mit diesem Wunsch in ihrem betrübten Herzen schlief Melissa endlich ein.

Der nächste Tag begann wundervoll. Melissa war mit der Mutter allein. Kein Dimitris weit und breit!. Da schmeckte das frische Marmeladenbrötchen gleich noch mal so gut.

Warm eingepackt spazierten sie dann gemeinsam zum Strand. Die Sonne schien. Ein kalter Wind trieb lose Blätter über die Uferpromenade. Mutter und Tochter liefen am Kai entlang. Melissa beobachtete die Wellen. Der Uferverlauf machte einen Knick, die Promenade war nun nicht mehr befestigt und sie standen in einer kleinen Bucht. Die hohen Felsen auf der anderen Seite schützten sie vor dem Wind. Die Mutter setzte sich auf ihre Jacke, die sie hier ruhig ausziehen konnte.

„Mutti, darf ich Muscheln suchen?"

„Na klar. Aber pass auf, dass die Wellen dich nicht nass spritzen."

Lächelnd sah sie Melissa hinterher, als die die wenigen Meter zur Wasserlinie hinunter rannte. Melissa vertiefte sich in ihre Aufgabe. Aufmerksam forschten ihre Augen nach schönen Muscheln oder besonders schönen Steinen. Schritt für Schritt nur bewegte sie sich vorwärts. Da blitzte etwas vor ihr auf. Melissa hockte sich hin und schob vorsichtig den Sand beiseite. Hervor kam eine Spiegelscherbe. Die Ecken waren vom Wasser rund geschliffen. Die Scherbe passte genau in

Melissa's kleine Hand. Sie fühlte sich warm an und obwohl sie schon lange hier am Wasser gelegen haben musste, war das Spiegelglas klar und ohne Flecken. Melissa blickte hinein. Sie sah ihr leicht gerötetes Gesicht, die zerzausten braunen Haare und den blauen Himmel.

Eigentlich war so eine Spiegelscherbe ja nichts Besonderes. Aber Melissa beschloss, sie trotzdem zu behalten. So konnte sie jeder Zeit, auch heimlich, hinein sehen und – ja – Grimassen schneiden, die für Dimitris bestimmt waren! Der durfte sie jedoch nicht sehen. Den Ärger darüber würde wieder nur die Mutter abbekommen. Schnell verschwand ihr neuer geheimer Kamerad in der Anoraktasche, als die Mutter gelaufen kam.

„Hast du ein paar schöne Muscheln gefunden?"

Stolz zeigte Melissa ihre Schätze, die Spiegelscherbe zeigte sie nicht.

In Gedanken versunken ging sie dann neben der Mutter zum Hotel zurück. Ein Lächeln lag auf ihrem Gesicht. Ihre Mutter freute sich darüber. Sie ahnte nicht, dass Melissa in Gedanken schon die hässlichsten Grimassen schnitt.

Der Nachmittag verlief weiterhin harmonisch. Die Mutter und Melissa spielten lustige Spiele, bis, ja, bis ein schlecht gelaunter Dimitris an den Tisch trat. Das gerade begonnene Mensch-ärgere-dich-nicht-Spiel wurde abgebrochen. Die Mutter legte Papier und Zeichenstifte vor das Mädchen hin.

„Mal uns doch ein schönes Bild, mein Schatz. In der Zwischenzeit unterhalte ich mich mit Dimitris."

Melissa fing an zu zeichnen. Doch ständig hatte sie eine Frage an die Mutter. Mal nach der richtigen Farbe, oder ob so eine Möwe aussah oder was auch immer. Das gefiel Dimitris ganz und gar nicht.

„Du malst jetzt dein Bild und bist endlich still!"

Melissa wurde zornig und warf ihren blauen Buntstift auf den Fußboden.

„Ich mag nicht mehr malen!", rief sie.

Mutters Freund schlug mit der flachen Hand auf den Tisch.

„Jetzt reicht es, mein Fräulein. Sofort hebst du den Stift auf und dann bist du ruhig. Ich unterhalte mich gerade mit deiner Mutter. Ist das klar?"

Melissa traten die Tränen in die Augen. Hilfe suchend schaute sie die Mutter an. Die lächelte ihr zu. Aber es fiel kein Wort der Verteidigung für ihre Tochter.

Langsam rutschte Melissa vom Stuhl, hob den Buntstift auf und hockte sich dann mit dem Rücken zum Raum an das große Fenster des Aufenthaltsraumes. Hier hörte sie, wie ihre Mutter leise Protest einlegte.

„Musst du so hart zu ihr sein? Sie ist ein Kind und versteht es noch nicht, welche Schwierigkeiten du hast."

„In ihrem Alter wird sie wohl mal eine halbe Stunde ruhig sein können."

Melissa zog ihre am Vormittag gefundene Spiegelscherbe aus der Hosentasche, wo sie inzwischen hin gewandert war. Gut, dass sie sie mitgebracht hatte. Ab und zu hatte sie ja heute schon hinein gesehen und Gesichter probiert – lustige, traurige, gemeine und böse. Da wusste sie noch nicht, dass sie nur wenig später hinein sehen würde, um eine ganz schreckliche Grimasse für Dimitris zu schneiden. Besonders böse wollte sie aussehen und sich dabei vorstellen, wie zornig Dimitris werden würde. So sehr verärgert, dass er vielleicht keine Lust mehr hatte, mit Melissa zusammen zu sein und deshalb auch ihre Mutter nicht mehr besuchen würde. Dann wäre sie ihn los! Aber er sah ja die schlimmen Gesichter nicht. Trotzdem! Melissa hob die Scherbe ins Licht, ganz vorsichtig. So konnten die beiden Erwachsenen hinter ihr sie nicht sehen.

Dann rollte sie die Augen, verzog den Mund, biss die Zähne aufeinander, zog die Nase kraus.

Sie fühlte sich besser!

Also noch ein Versuch. Sehr schmale Augen kniff sie nun und streckte die Zunge lang heraus. Gut war das!

Das Mädchen drehte die Scherbe ein wenig. So konnte sie vielleicht die Mutter und Dimitris gleichzeitig mit ihrer Grimasse im Spiegel sehen. Wenn er immer noch so grimmig schaute, wollte sie noch eine fürchterlich bösartige Grimasse in den Spiegel schicken. Sie öffnete den Mund ganz weit, zog die Augenbrauen hoch, als Dimitris in der Scherbe erschien.

Plötzlich sah sie etwas Furchtbares!

Dimitris verschwand und auf seinem Stuhl saß ein Grauen erregendes Ungeheuer! Melissa schlug die Hände vor den Mund. Ein kleiner Schrei war ihr aber doch entkommen.

„Melissa! Schatz! Ist alles in Ordnung?" , fragte die Mutter besorgt.

Nur mit größter Anstrengung schaffte es Melissa, ihren Kopf zu wenden. Die Mutter sah sie an. Wie konnte sie nur so ruhig sein, wo doch dieses Wesen bei ihr am Tisch saß.

Vorsichtig öffnete Melissa erst ein Auge. Vor lauter Angst hatte sie sie fest zugedrückt. Und was sah das eine Auge? Dimitris!

Schnell war auch das zweite Auge wieder offen. Melissa musste es ganz genau sehen. Aber der Mutter gegenüber saß in seinem Sessel, lässig zurück gelehnt, wirklich nur Dimitris.

Das Mädchen war überrascht. Sie nickte der Mutter zu, sah noch einmal den Mann an und drehte sich wieder zum Fenster. Äußerst behutsam hob sie nun die Spiegelscherbe nochmals in Augenhöhe und suchte darin den Freund ihrer Mutter.

Da! Da war er. Doch nein. Da saß schon wieder das Scheusal. Melissa sah über ihre Schulter. Da saß Dimitris. Schnell ein Blick in den Spiegel: Hier saß das Ungeheuer. Ein weiterer Blick nach hinten: Dimitris. Und wieder im Spiegel: Das Untier!

Melissa wurde es kalt. Angst kroch förmlich auf sie zu und krabbelte an ihr hoch. Die Mutter und sie waren Gefangene eines Ungeheuers!

Das Mädchen lief zu seiner Mutter und lehnte sich an die Seite ihres Sessels.

„Was hast du denn da? Oh, ein Stück von einem Spiegel. Hast du den heute am Strand gefunden?"

Melissa schaute vorsichtig zu Dimitris. Der sprach gerade mit dem Kellner und bestellte sich noch ein Glas Rotwein. Das musste Melissa ausnutzen!

„Mutti! Schau in den Spiegel! Schnell! Was siehst Du?"

Lächelnd sah die Mutter hinein.

„Mich sehe ich natürlich."

„Und wenn du den Spiegel so drehst, dass du auch Dimitris sehen kannst?"

Belustigt drehte die Mutter die Scherbe ein wenig, bis sie Dimitris sehen konnte.

„Ich sehe mich und Dimitri. Er spricht gerade mit dem Kellner."

Melissa war aufgeregt und stotterte sogar ein wenig.

„Du, du siehst, ich meine … ist es wirklich Dimitris?"

„Ja, mein Schatz! Was soll ich denn auch sonst sehen?"

Das Mädchen hielt die Luft an, pustete sie langsam wieder aus. Das gab ihr Zeit zum Nachdenken.

„Vielleicht eine Fee, die gute Laune macht?"

Nun lachte die Mutter herzlich.

„Ideen hast du manchmal. Aber steck` den Spiegel jetzt in die Tasche. Sonst wirft ihn Dimitris womöglich noch weg."

Der Spiegel verschwand in der Hosentasche. Melissa blieb neben der Mutter stehen und sah Dimitris mit großen Augen an.

Vor lauter Aufregung konnte Melissa dann kaum schlafen. Sie

hatte sich bemüht, Dimitris alles Recht zu machen. Das Abendbrot war sehr still verlaufen. Beim Gute-Nacht-Kuss hatte die Mutter noch gesagt, dass sie bereits am nächsten Morgen nach dem Frühstück nach Hause fahren würden. Melissa dachte an Kostas. Was der wohl zu ihrer Entdeckung sagen würde? Aber sie war sich sicher: Kostas würde ihr glauben! Ihre Mutter war schon erstaunt, Melissa so ruhig zu erleben. Doch das hatte auch einen Vorteil. Die Rückfahrt verlief ohne Reibereien zwischen ihrer Tochter und dem Freund. Zu Hause angekommen, verabschiedete sich Dimitris schnell.

Die Mutter schaute in den Schränken nach, was sie kochen könnte.

„Ich habe Spaghetti mit Tomatensoße anzubieten. Oder Milchreis mit Kirschen. Oder ich backe Pfannkuchen."

„Pfannkuchen, Mutti. Pfannkuchen!"

Kostas hatte das Auto gesehen und kam herüber.

„Darf er zum Essen bleiben?"

„Ich habe schon zu Mittag gegessen.", sagte Kostas verlegen.

„Wir haben genug Pfannkuchen für alle. Und einer geht bestimmt noch rein, so als Nachtisch, oder?"

Jubelnd setzten sich die Kinder an den Tisch. Melissa aß drei von den goldbraunen leckeren Pfannkuchen. Einen mit Erdbeermarmelade, einen mit Kirschkonfitüre und einen mit Nusscreme. Kostas verdrückte gerade seinen zweiten Pfannkuchen, als seine Mutter Waso an die Tür klopfte.

„Das sind mir die Richtigen! Heimlich eine Pfannkuchenparty feiern und ich soll zusehen? Fein ausgedacht!", sagte sie scherzend und setzte sich dazu.

Nach dem Essen tranken die beiden Mütter einen Kaffee. Endlich war die Zeit für Melissa`s Geheimnis gekommen. Sie zog Kostas zur Treppe.

„Komm mit rauf. Ich muss dir was Wichtiges erzählen."

Oben in ihrem hübschen Zimmer mit den blauen Gardinen an den Fenstern und den vielen Spielsachen auf dem Regal setzten sich die beiden aufs Bett und Melissa berichtete.

„Gruselig hat das ausgesehen. Eben ein richtiges Ungeheuer. Braun und behaart war es, mit ganz langen dünnen Armen. Die Finger waren auch sooo lang. Sie hatten spitze Nägel. Das Ungeheuer war dünn und knochig. Der Kopf war viel zu groß. Und es hatte ein richtiges Maul, wie eine Kuh, und gelbe Zähne."

Melissa schwitzte vor Aufregung.

„Ich kann es dir jetzt nicht zeigen. Dimitris ist ja nicht hier. Aber du glaubst mir doch?"

Fest sah Kostas ihr in die Augen.

„Sicher glaube ich dir! Weißt du, es ist ein Stück von einem Zauberspiegel. Den hat vielleicht jemand ins Meer geworfen. Da ist er dann kaputt gegangen und ein Stückchen hat es an den Strand gespült. Im Piratenbuch finden die Leute auch oft solche Dinge am Strand."

Ehrfürchtig hielt Kostas die Scherbe in der Hand.

Melissa fragte: „Aber warum hat die Mutti das Ungeheuer nicht gesehen?"

Kostas überlegte. Schließlich sagte er: „Das ist wie in der Gespenstergeschichte in meinem Lesebuch. Da sehen auch nur die Kinder das Gespenst. Das ist mit deinem Spiegelbild sicherlich genauso. Wir Kinder sehen, wie sich die Erwachsenen verwandeln. Die Großen können das nicht."

Staunend starrte Melissa ihren Freund an. Was der schon alles wusste!

Selbstverständlich wurden auch Evangelista, Christina und Maria in das Geheimnis des Spiegels eingeweiht. Das war eine Aufregung. Keiner von ihnen hörte an diesem Tag im

40

Unterricht richtig zu. Die Lehrer rügten mehrmals die sonst so aufmerksamen Kinder. In der großen Pause drängten sie sich um Melissa.

„Ihr müsst versprechen, dass das unser Geheimnis bleibt. Kein Erwachsener und auch kein anderes Kind darf davon erfahren!"

„Wir versprechen es!" , kam die Antwort von allen.

Feierlich legten die Kinder ihre rechten Hände über die Hand Melissa`s, die die Spiegelscherbe hielt.

Lange warteten die Verschwörer auf ihre Chance, das Ungeheuer zu sehen. Drei Tage dauerte es. Dann teilte Melissa ihnen mit, Dimitris werde zum Abendessen erwartet. Sicherlich war das eine sehr ungünstige Zeit für die Kinder. Es wurde früh dunkel. Doch die drei Mädchen fanden eine plausible Ausrede: Übungsdiktat bei Melissa. Kostas schlich sich aus dem Haus. Die Kinder lauerten hinter der Hecke. Die Uhr schien kaputt zu sein – so langsam verging die Zeit doch sonst nie!

Plötzlich hörten sie das Auto.

„Das ist er! Da kommt Dimitris!"

Melissa flüsterte. Fest hielt sie die Spiegelscherbe in der Hand. Das Auto hielt vor dem Tor. Wie stets hatte auch Melissa`s Mutter Dimitris` Kommen gehört. Sie schaltete das Gartenlicht ein und ging ihm entgegen. Sie trafen sich mitten auf dem Gartenweg. Das war das Signal für die Fünferbande. Melissa stellte sich mit dem Rücken zum Haus. Die anderen platzierten sich hinter ihr und versuchten, über ihre Schulter in den Spiegel zu sehen. Weil erst keiner etwas Genaues erkennen konnte, nahm Maria Melissa den Spiegel aus der Hand. Aber enttäuscht sahen alle nur einen ganz normalen Dimitris. Melissa erhielt die Scherbe zurück und einer nach dem anderen schauten sie nun hinein. Maria schluckte laut:

„Oh, wie schrecklich es aussieht!"

Christina zitterte ein wenig.

„Und es hat überall Haare. Puh!"

Evangelista schließlich hatte richtig gehend Angst: „Es wird uns alle fressen!"

Mit einem Aufschrei stoben die Mädchen davon und liefen nach Hause. Auch Kostas warf einen Blick in den Spiegel. Er fand alles so, wie Melissa es erzählt hatte.

Melissa`s Mutter hatte den Schrei der Mädchen gehört.

„Melissa, bist du noch im Garten? Komm rein, es ist Abendbrotzeit."

Kostas und Melissa sagten sich 'Gute Nacht'. Das Mädchen trat zu den beiden Erwachsenen. Nichts verriet ihre innere Erregung.

„Sag Dimitris 'Guten Abend', mein Schatz!"

Zögernd streckte das Mädchen die Hand aus. Doch sie sah nicht Dimitris` Hand vor sich, sondern sie sah die langen dünnen Finger des Ungeheuers. Sie schrie panisch auf und rannte ins Haus.

Dimitris war natürlich bereits wieder sauer.

„Du bist zu lasch mit deiner Tochter! Das gehört sich nicht, einen Gast nicht zu begrüßen."

Nach dem Abendessen verschwand Melissa ungewohnt schnell und sogar freiwillig im Bett, Wie konnte die Mutter nur zulassen, dass sie, Melissa, mit einem Ungeheuer zu Abend aß?

Aber dann fiel ihr ein, die Mutter wusste ja von nichts! Was sollte sie nur tun?

Wie konnte sie, ein kleines Mädchen, ihre Mutter von der Existenz des Ungeheuers, dem Scheusal Dimitris überzeugen?

Über dieser so schweren Frage schlief Melissa schließlich ein.

Ein richtiges Abenteuer hatte begonnen für Melissa, Eva, Christina, Maria und Kostas. Jede freie Minute nutzten sie zur Beratung. Wieder war es Kostas, der eine Idee hatte und diese zur Sprache brachte.

„Was glaubt ihr? Ob der Zauberspiegel auch bei anderen Leuten funktioniert?"

Die Kinder sahen sich an – erst fragend, dann staunend und am Ende begeistert.

Maria meinte:„Das sollten wir ausprobieren. Am besten gleich nach der Schule, auf dem Schulhof."

„Und an wem bitte schön?", fragte Eva eher skeptisch.

„Am Hausmeister! Der räumt doch dann immer den Schulhof auf."

Melissa schaute die anderen triumphierend an. Spannung lag auf einmal in der Luft. Sie verstärkte sich in der letzten Schulstunde merklich. Hätte es nicht endlich zum Ende des Schultages geklingelt, wären die Mädchen wohl förmlich geplatzt wie die Schalen frisch gefallener Kastanien.

Sie mussten einige Minuten warten, bis der Hausmeister, Herr Mikes, endlich kam. Er war ein kleiner Mann mit großen Ohren und großen Händen. Er beschimpfte die Kinder immer, wenn sie die Abfälle nicht in, sondern neben die Papierkörbe im Hof warfen. Irgendwie fürchteten sich die Kinder ein wenig vor ihm.

„Ich glaube, er wird im Spiegel ganz schrecklich aussehen.", sagte Christina und hielt sich die Hände vor die Augen. Die Kinder waren auf alles gefasst. Wenn Dimitris schon so furchtbar aussah, dann musste der immer schimpfende Hausmeister ja wahrlich entsetzlich aussehen!

Die Fünf stellten sich also in Position und sahen ebenso erwartungsvoll wie ängstlich in die Scherbe. Aber was war das? Sie sahen kein Zähne fletschendes Untier! Aus dem

Spiegel sah ihnen ein lustiger Clown entgegen. Die kleinen Spiegel- Detektive schauten einander staunend an. Sie versuchten es ein zweites und auch ein drittes Mal. Jedes Mal mit dem selben Ergebnis. Melissa stellte dann die Frage, die alle beschäftigte.

„Wieso ist der Herr Mikes ein Clown?"

Sie visierte ihren Freund Kostas an. Die drei anderen taten es ihr gleich. Kostas wühlte sich mit den Händen die Haare und dachte nach.

„Also: Dimitris sehen wir im Spiegel als furchtbares Scheusal. Melissa hat uns viel von ihm erzählt. Wir wissen, dass er keine Kinder mag. Er schimpft dauernd mit Melissa und sogar mit ihrer Mutter. Das bedeutet doch eigentlich, dass er ein böser Mensch ist?!"

Die Mädchen hatten aufmerksam zugehört und nickten jetzt eifrig. Kostas sprach weiter: „Unser Hausmeister sieht nicht schön aus. Er schimpft auch mit uns, aber eigentlich nur, wenn wir etwas nicht richtig machen. Im Spiegel sehen wir einen Clown. Ein Clown hat immer gute Laune. Er spielt gern mit Kindern. Habt ihr schon mal einen bösen Clown gesehen?"

Einstimmiges, vierfaches Kopfschütteln bei den Mädchen.

„Dann heißt das aber, dass unser Hausmeister, der Herr Mikes, ein freundlicher Mensch sein muss!"

Kostas blickte über den Hof zu dem arbeitenden Mann.

„Wollen wir heraus bekommen, ob das auch so ist?"

Unschlüssig traten die Mädchen von einem Fuß auf den anderen, bevor Melissa entschlossen und mutig fest stellte: „Gut, machen wir. Sonst wissen wir ja nicht, was die Bilder im Spiegel bedeuten."

Das sagte sie, auch wenn sie doch ein wenig vor dem Hausmeister Angst hatte.

Kostas rief über den Schulhof:" Herr Mikes! Herr Mikes!"

Dieser drehte sich herum, als er seinen Namen hörte und musterte die Kinder. Es war schon ungewöhnlich, dass er von ihnen angesprochen wurde. Normalerweise liefen die Kinder vor ihm davon und rissen Witze über seine großen Ohren. Früher war das anders gewesen, aber heute interessierte sein Können keinen mehr. Der Junge kam nun auf ihn zu und die vier Mädchen folgten langsam.

„Herr Mikes, in unserem Klassenzimmer ist eine Schranktür kaputt. Sie geht immerzu auf."

Herr Mikes stemmte die Arme in die Seiten.

„Ja, was machen wir denn da?"

Er sah die kleine Gruppe vor sich an und plötzlich wackelte sein Kopf hin und her.

„Was machen Sie denn da?", staunte Maria.

„Ich denke nach. Das geht bei mir besser, wenn ich den Kopf bewege."

Auf einmal hielt er den Kopf wieder still. Dann wackelten die Ohren.

„Schaut doch! Der Herr Mikes wackelt mit den Ohren! Warum wackeln Ihre Ohren?"

Melissa konnte sich auch nicht zurückhalten und Herr Mikes entgegnete: „Weil mir für euer Problem eine Lösung eingefallen ist."

„Oh!" , sagten Eva und Christina gleichzeitig.

„Wollen wir uns den Schrank gleich mal ansehen? Ich weiß, ihr müsst nach Hause, aber es dauert ja bestimmt nicht lange."

Der Hausmeister sah die Kinder an und blinkerte mit den Augen.

„Kostas sagte: „Jetzt blinkern Ihre Augen. Sie wissen wohl, dass wir mit kommen?"

„Richtig. Du bist ein schlauer Junge. Also los! Welches Zimmer ist denn Eures?"

Auf dem Weg dorthin machten sie kurz Halt, damit Herr Mikes sein Werkzeug holen konnte. Der Schaden am Türschloss war schnell behoben.

„So, nun geht euer Schrank wieder richtig zu."

Herr Mikes drehte sich zu den Kindern. Alle fünf lachten gleichzeitig laut auf.

„Herr Mikes, Sie haben eine ganz rote Nase!"

„ Und so groß und rund ..."

„Eine echte Clown-Nase!"

Sie sprachen alle durcheinander. Der Hausmeister war nun nicht länger ein böser Mann für sie. Er schnitt komische Gesichter, erzählte lustige Sachen, watschelte mit krummen Beinen herum und brachte die Schar immer und immer wieder zum Lachen. Irgendwann dann sah er auf seine Uhr.

„Herrje, es ist schon spät! Jetzt aber fix nach Hause mit euch!"

„Machen Sie Morgen auch wieder so lustige Sachen, Herr Mikes?"

„Für euch jeden Tag, wenn ihr möchtet."

Die Kinder liefen los und winkten Herrn Mikes zum Abschied. Der stand noch eine ganze Weile vor der reparierten Schranktür. Er schaute auf die Clownsnase, die er nun in der Hand hielt und lächelte glücklich.

Das Erlebnis erzählte Melissa zu Hause sofort ihrer Mutter. Nur das mit dem Spiegel, das verschwieg sie! Aber all die witzigen Dinge, die Herr Mikes gemacht hatte, berichtete sie genauestens!

„Das wundert mich aber. Früher hattest du doch immer ein wenig Angst vor ihm.", stellte die Mutter fest, doch Melissa war um eine Antwort nicht verlegen.

„Na, er hat ja auch ständig mit uns geschimpft. Heute hat er gelacht und lustige Geschichten erzählt. Er ist lieb zu uns.

Morgen gibt es neue Späße, er hat es uns versprochen."
Als die Mutter in die Küche ging, nahm Melissa vorsichtig die Spiegelscherbe in die Hand. Sie strich behutsam über das Glas und murmelte:
„Meine Fee hat mich gehört. Du bist wirklich ein echter Zauberspiegel. Ich werde gut auf dich aufpassen!"
Die Mutter kam mit einer Kanne Kakao ins Wohnzimmer. Melissa dachte bei sich:"Jetzt muss ich Mutti nur noch zeigen, wie böse Dimitris ist, dann wird alles gut!"
Der Kakao schmeckte an diesem Nachmittag besonders gut!

Die Begeisterung der Kinder für Herrn Mikes wuchs jeden Tag. Selbst die größeren Schüler sahen von fern den Späßen des Hausmeisters zu. Heimlich natürlich! Clowns waren schließlich nur etwas für kleine Kinder.
Die Spiegel-Bande war seit ihrem ersten Zusammentreffen ständig in Herrn Mikes' Nähe anzutreffen. Er hatte einen schier unerschöpflichen Vorrat an Späßen und konnte einfach alles reparieren. Mittlerweile hatte er den Kindern sogar erzählt, dass er als junger Mann mit einem kleinen Wanderzirkus umher gereist war. Er hatte eine Ponydressur vorgeführt und in den Pausen hatte er den Besuchern – als was wohl? - die Zeit vertrieben. Richtig! Natürlich als Clown. Späße machen war ihm ein inneres Bedürfnis gewesen und der Clown dafür der perfekte Beruf, vielleicht sogar eine Berufung!

Melissa war mit ihrem großen Problem zu Hause noch nicht voran gekommen. Obwohl sie sich nun offen gegen den Freund der Mutter stellte und genau das Gegenteil von dem tat, was er jeweils wünschte, kam Dimitris weiter zu Besuch. Die Mutter war traurig und gereizt.

Hier brachte ihr der Zauberspiegel einen unerwarteten Helfer!
Wie so oft, überraschte ein Regenschauer Melissa und Kostas
auf dem Heimweg. Herr Kastopulos passte sie ab, als sie am
Laden vorbei liefen. Auf dem Ladentisch stand eine Kanne mit
heißem Pfefferminztee. Er rückte zwei Stühle zurecht und
hängte die Anoraks der beiden in die Nähe der Heizung zum
Trocknen. Der Buchhändler nahm sich Zeit für die Kinder. Bei
diesem Wetter kam eher selten ein Kunde. Er fragte nach der
Schule, ob die Hausaufgaben schwer wären, nach den
Lieblingsfächern. Dann fiel ihm etwas ein.
„Ein neues Buch ist gekommen. Die Geschichte ist nicht neu,
aber spannend. Das Buch heißt 'Die Schatzinsel'. Kennt ihr
Kapitän Silver schon?"
Die Kinder schüttelten gleichzeitig den Kopf. Herr Kastopulos
fuhr fort:"Gedacht habe ich mir das so. Ich rufe bei euch zu
Hause an. Dann können euch eure Mütter hier abholen. Der
Regen wird ja immer stärker. In der Zwischenzeit lese ich euch
den Anfang der Geschichte vor."
Damit waren die Kinder sehr sehr einverstanden. Herr
Kastopulos verschwand hinter den beiden zwischen zwei
Regalen.
Das brachte Melissa auf eine Idee. Schnell zog sie die
Spiegelscherbe aus der Hosentasche. Da kam Herr Kastopulos
auch schon mit dem Buch zurück.
„Was siehst du, Melissa?"
Kostas flüsterte seine Frage nur, doch Melissa konnte vor
lauter Überraschung nicht antworten. Denn zwischen den
Regalen stand eine völlig unerwartete Figur. Ein Zauberer hielt
das Buch in der Hand. Er trug ein blaues langes Gewand.
Überall funkelten goldene Sterne auf dem Stoff. Auf dem Haar
saß ein blauer Zuckertütenhut. Auf dessen Spitze leuchtete ein
silberner Halbmond. Flink rutschte der Spiegel wieder in die

Hosentasche.

„Was ich gesehen habe? Einen Zauberer habe ich gesehen!"

Auch sie flüsterte. Kostas` Augen wurden riesengroß. Herr Kastopulos hatte von all dem nichts bemerkt. Er füllte noch einmal Tee in die Tassen und begann, vorzulesen.

Etwa zwanzig Minuten mochten vergangen sein, als die Türglocke bimmelte. Melissa`s Mutter betrat den Laden. Zuvor hatte sie schon durch die Fensterscheibe geschaut und die drei beobachtet. Zwei gespannte Gesichter waren auf den Mann gerichtet, der offenbar aus einem Buch vorlas. Nun sah sie den Buchhändler dankbar an.

„Das gibt es sicherlich nicht oft, dass ein Buchhändler Kinder bewirtet, ihre Mütter anruft und auch noch Geschichten vorliest. Vielen Dank! Und von Kostas` Mutter soll ich ebenfalls herzlich grüßen."

Herr Kastopulos wehrte ab.

„Das habe ich doch gern gemacht. Außerdem sind die beiden doch meine Freunde."

Die Kinder und Melissa`s Mutter verabschiedeten sich von ihm und fuhren nach Hause. Melissa grübelte den ganzen Abend darüber nach, was sie im Spiegel gesehen hatte. So sehr war sie damit beschäftigt, dass sie ganz vergaß, Dimitris zu ärgern.

Am nächsten Tag überraschte sie Kostas auf dem Heimweg von der Schule mit einer Idee.

„Ich werde Herrn Kastopulos alles erzählen. Er ist ein Zauberer und kann mir bestimmt helfen!"

Kostas wollte sie davon abhalten.

„Denk an unseren Schwur! Er ist ein Erwachsener."

Aber Melissa ließ sich nicht beirren.

„Wir schaffen das alleine nicht. Wir brauchen seine Hilfe!"

Sie betrat den Laden und Kostas folgte ihr zögernd. Herr

Kastopulos bediente gerade ein junges Mädchen und ein Ehepaar sah sich im Laden um.

„Nanu, da seid ihr ja schon wieder. Es regnet doch gar nicht."

Lächelnd sah er die Kinder an. Melissa schluckte und begann dann mutig zu sprechen.

„Herr Kastopulos! Ich habe ein großes Problem und nur Sie können mir helfen."

Nun war es heraus! Verwundert schaute der Buchhändler das Mädchen an.

„Einen Augenblick dauert es aber. Ich kassiere noch ab. Dann habe ich Zeit für euch. Setzt euch an den kleinen Tisch, so wie gestern."

Zwei Minuten später schon war er bei Melissa und Kostas. Er war sehr gespannt. Melissa fing langsam und stockend an zu erzählen. Bald jedoch überwand sie ihre Scheu und die ganze Geschichte mit dem Zauberspiegel und Dimitris und der Mutter sprudelte nur so aus ihr heraus. Es ging alles etwas durcheinander, doch Herr Kastopulos sortierte sich alles innerlich zurecht.

„So so, ein Zauberspiegel sagst du?"

Kostas stieß Melissa in die Seite.

„Siehst du! Ich habe dir gesagt, dass er dir nicht glaubt!"

„Nein, Kostas. Das ist nicht richtig. Ich glaube Melissa. Nur findet man in der heutigen Zeit nur noch sehr selten Zauberdinge."

„Werden Sie mir denn helfen, Herr Kastopulos? Können Sie Dimitris nicht einfach weg zaubern?"

Der Buchhändler lächelte.

„Mit dem Zaubern geht das auch nicht mehr so einfach. Da muss ich ein kleines Weilchen nachdenken, wie ich dir helfen kann."

Er sah die Enttäuschung in Melissa`s Augen.

„Helfen werde ich dir auf jeden Fall. Wir sind Freunde und du hast eine nette Mutti."

Etwas beruhigter verließ Melissa mit Kostas den Laden. Vor der Haustür sagte Kostas: „Da bin ich aber gespannt, was Herrn Kastopulos einfällt."

„Na, und ich erst!"

Melissa lief winkend ein Haus weiter. Sie selbst war es dann aber, die den Zauber auslöste. Den ganzen Nachmittag plapperte sie über den Buchladen, die langen großen Regale. Beim Abendessen kam sie auch auf das Buch zu sprechen, aus dem Herr Kastopulos ihr und Kostas vorgelesen hatte.

„Die Geschichte ist so spannend! Doch ich weiß überhaupt nicht, wie sie weiter geht. Was wohl aus dem Schatz wird?"

Die Mutter wollte sie erst vertrösten, hatte dann aber eine bessere Idee. Sie telefonierte kurzerhand mit Herrn Kastopulos und lud ihn für den kommenden Samstag zum Kaffeetrinken ein.

„Er soll das Buch nicht vergessen!" , tönte Melissa aus dem Hintergrund. Sie hatte so laut gerufen, dass auch Herr Kastopulos am anderen Ende der Leitung ihre Worte verstanden hatte.

„Was sagen Sie dazu, Frau Joanna?", fragte er Melissa´s Mutter. „Ich glaube, dass ist eine gute Idee. Sonst bekomme ich ja doch keine Ruhe. Also dann, bis Samstag."

Die Mutter legte auf und Melissa fiel ihr nun doch um den Hals, obwohl sie das eigentlich nicht mehr machte. Sie war ja schon groß!

Am nächsten Morgen erzählte sie Kostas die Neuigkeit. Herr Kastopulos hatte bereits gezaubert! Wie sonst hätte ihre Mutter auf die Idee kommen sollen, ihn nach Hause einzuladen?

Endlich war es so weit: Der Sonnabend war da!

Lange vor der vereinbarten Zeit wartete Melissa schon am Küchenfenster auf Herrn Kastopulos. Noch bevor er dann das Gartentor erreichte, hatte Melissa schon die Haustür aufgerissen.

„Die Mutti hat extra eine Tiropita gebacken!"

Herr Kastopulos lachte.

„Woher weiß denn deine Mutti, dass das meine Lieblingspita ist?"

Noch ein Zauber! Verschwörerisch sahen sich die zwei an. Melissa´s Mutter hatte die Frage von Herrn Kastopulos gehört und war sogar ein wenig verlegen.

Der Buchhändler aß zwei Riesenstücke von der Pita und lobte sie sehr. Es war eine gemütliche Runde. Alle hatten etwas zu erzählen und es wurde viel gelacht. Das ankommende Auto überhörten alle drei. Die Türglocke ging und die Mutter ließ Dimitris ein. Der schaute völlig überrumpelt auf die Kaffeetafel und den dort sitzenden, ihm unbekannten Mann.

„So ist das! Da bin ich einmal zwei Tage nicht da und schon lädst du dir anderen Besuch ein. Ich dachte, du machst dir was aus mir! Aber ich sehe ja, du bist besonders fröhlich und auch deine Tochter zeigt sich von ihrer besten Seite. Eigentlich bin ich gekommen, um dich für heute Abend einzuladen. Ich wollte dich fragen, ob du mich heiraten willst, aber unter diesen Umständen hat sich das ja erledigt!"

Beleidigt stürmte Dimitris aus dem Zimmer und verließ das Haus. Die Gartentür knallte, kurz darauf eine Autotür. Mit aufheulendem Motor jagte das Auto davon.

Melissa hatte die ganze Szene mit großen Augen beobachtet. Das Auto war weg gefahren und Dimitris war verschwunden. Einfach so! Ihre Kulleraugen sahen Herrn Kastopulos reichlich fassungslos an. Sie war kaum im Stande, zu reden und flüsterte daher mit rauher Stimme:" Danke, vielen Dank, Herr Zauberer Kastopulos!"

Die Mutter entschuldigte sich.

„Es tut mir leid, Herr Kastopulos, dass Sie Zeuge dieser traurigen Auseinandersetzung wurden."

„Es war ja wohl eher ein Herrenmonolog?"

Melissa unterbrach die beiden ängstlich.

„Lesen Sie jetzt nicht mehr vor, Herr Kastopulos?"

Die Mutter und der Buchhändler sahen sich an. Herr Kastopulos antwortete.

„Ich glaube, es ist besser, wenn ..." - er holte tief Luft, und Melissa dachte, er wolle gehen, doch er fuhr fort - „... wenn ich noch ein oder zwei Kapitel vorlese. Die Pita war so lecker und ich habe noch Kaffee in der Tasse. Holst du deinen Freund Kostas auch dazu? Sonst muss ich ja das Buch zweimal vorlesen."

Lachend lief Melissa nach nebenan, Kostas zu holen.

„Herr Kastopulos?"

„Es muss Ihnen nicht leid tun, Frau Joanna. Nach allem, was mir Melissa über diesen Herrn erzählt hat, bin ich froh, ihn heute gesehen zu haben. Ich kenne ihn. Dimitris ist aus dem Nachbarort. Dort sind seine Geldprobleme stadtbekannt. Ich will ja nichts sagen, aber ich denke, Ihr hübsches Häuschen hatte es ihm wohl angetan."

Die Mutter war erstaunt, was Herr Kastopulos so alles von Melissa erfahren hatte. So bedrückend hatte sie sich die Lage für ihr Mädchen gar nicht vorgestellt Ihr Gespräch aber wurde durch Kostas und Melissa unterbrochen.

Herr Kastopulos war ein ausgezeichneter Vorleser. Melissa´s Mutter spürte, wie gern er Kinder mochte. Die zwei saßen, ohne zu zappeln, auf ihren Stühlen und hörten einfach zu. Es wurde ein vergnüglicher restlicher Nachmittag. Besonders

natürlich für Melissa! Sie wusste: das behaarte Ungeheuer mit den langen Fingern war nun für immer vertrieben!
Doch am Montag darauf gab es eine böse Überraschung für sie!

Die ganze lange und aufregende Geschichte wurde selbstverständlich auch den Schwestern und Maria erzählt. Aus lauter Freude wollten die Kinder noch einen Test mit dem Spiegel machen.
Doch Melissa konnte ihn nicht finden!
Sie durchsuchte die Hosentaschen, ihren Anorak, die ganze Schultasche. Die anderen Kinder suchten im gesamten Klassenzimmer und auf dem Schulhof.
Nichts!
Melissa versuchte, sich ein wenig zu trösten und dachte, die Scherbe würde sicherlich zu Hause irgendwo liegen. Aber alles Suchen war vergebens!
Das Mädchen weinte und weinte. Die Mutter hörte zwischen den Schluchzern immer nur den Namen des Buchhändlers heraus. Sie steckte ihre vollkommen aufgelöste Tochter ins Bett und rief im Laden an. Zehn Minuten später war Herr Kastopulos da und saß an Melissa`s Bett.
„Melissa, du musst nicht weinen! Du hast den Spiegel verloren, weil du ihn jetzt nicht mehr brauchst. Die Fee hat ihn sicher schon einem anderen Kind zukommen lassen!"
„Aber wenn ein neuer Freund für die Mutti kommt, weiß ich nicht, wie er wirklich ist!"
„Der Spiegel hat es dir gezeigt, dass du nicht nach dem Äußeren eines Menschen urteilen darfst. Bei Dimitris hast du das richtig erkannt. Nur, die Erwachsenen, die brauchen manchmal etwas länger dazu. Genau so war es mit eurem Hausmeister, dem Herrn Mikes. Du erfährst alles über einen

Menschen, wenn du ihn beobachtest und mit ihm sprichst. Du musst dir nur eine eigene Meinung bilden."

Es war eine längere Zeit still. Dann gab sich Melissa einen fast sichtbaren Ruck:"Das darf ich eigentlich gar nicht fragen, aber können Sie nicht der neue Freund für mich und die Mutti sein, Herr Kastopulos?"

„Ich mag dich sehr gern Melissa. Doch da müssen wir auch deine Mutter fragen."

„Die hat nichts dagegen, jeden Abend ein Kapitel aus der 'Schatzinsel' zu hören!"

Das hatte die Mutter tatsächlich gesagt. Melissa und Herr Kastopulos zwinkerten sich zu. Dann lachte Melissa glücklich und weil jetzt alles in bester Ordnung war, kuschelte sie sich zufrieden in ihr Bett. Etwas musste sie jedoch noch los werden.

„Danke, liebe Fee! Du hast mir meinen Wunsch erfüllt. Dass du den Spiegel jetzt für ein anderes trauriges Kind brauchst, das verstehe ich. Gute Nacht, liebe Fee!

Die kluge Prinzessin

Vor vielen, vielen Jahren regierte König Filaxis auf Rhodos, Vater zweier Söhne und einer Tochter. Der König hatte sein Land immer weise geführt und keiner seiner Untertanen litt Not. Eines Tages nun rief der König die Prinzen und die Prinzessin zu sich:

„Liebe Kinder. Als König beherrsche ich dieses Land seit meiner frühen Jugend. Nun webt das Alter graue Fäden in meinen Bart und ich bin des Regierens müde. Ich denke, es ist an der Zeit, einem würdigen Nachfolger meine Krone zu übergeben. Eurer Mutter musste ich versprechen, keinen von euch zu übervorteilen, um so mehr, da ihr als Zwillingsbrüder zur Welt kamt. Lange habe ich nun um einer gerechten Lösung Willen gegrübelt. Der Klügere von euch beiden soll die Krone erhalten. In sieben Tagen erwarte ich von jedem einen Vorschlag, das Reich und seinen Reichtum zu sichern und zu mehren."

Die Brüder verneigten sich vor dem Vater und verließen den Saal. Prinzessin Filomanthia wandte sich mit einer Frage an den König: „Glaubst du, Vater, dass eine Königin nicht auch gerecht und klug regieren könnte oder warum bittest du nicht auch mich um einen solchen Vorschlag?"

Ihr Vater schaute sie nur milde lächelnd an und sagte: „Überlass das Regieren mal den Männern, mein Kind."

Die Prinzessin erzählte ihrer alten Amme von der Idee ihres Vaters und von seiner Antwort auf ihre Frage. Die Amme sagte nur: „Lass uns abwarten, was passiert, Prinzesschen!"

Seit dem Auftrag des Königs war das Lachen der Prinzen im Schloss verstummt. Keine Reitkunststücke, keine Neckereien, von den Prinzen ausgeheckt, brachten mehr Leben und Freude in die Mauern des Hofes. Eine geradezu lähmende

Stille senkte sich über die Bewohner. Eine Stille, die beklommener machte mit jedem Tag, die sie länger dauerte. Gefühle von Angst und von Gefahr wurden nicht nur bei der Dienerschaft geweckt.

Prinzessin Filomanthia kuschelte sich an ihre Amme.

„Was mögen sich meine Brüder wohl ausdenken für den Vater? Warum sind sie nicht mehr so lustig wie früher? Im Schloss ist es jetzt gar nicht mehr schön."

„Ja, mein Kind. Du hast Recht. Wir können jedoch nur warten."

Nun war die Prinzessin aber schon immer sehr neugierig. So beschloss sie, die Geheimnisse ihrer Brüder heraus zu finden, bevor sie dem König verkündet wurden. Am nächsten Morgen versteckte sie sich in einem großen Schrank im Zimmer des Erstgeborenen. Kaum hatte sie es sich ein wenig bequem gemacht – sie hatte sich auf einen Stapel Reithosen ihres Bruders gesetzt – öffnete sich auch schon die Zimmertür. Der Prinz kam mit seinen Freunden vom morgendlichen Ausritt zurück. Noch im Gespräch klopfte es an die Tür.

„Herein! Oh Knappe, bringst du mir die Antwort meines Bruders?"

„Ja, mein Prinz."

Der Knappe überreichte das Schreiben und verließ den Raum. Der Prinz las die Nachricht und sprach:" Wie ich euch schon sagte, auch mein Bruder ist nicht bereit, einer Laune unseres Vaters nachzugeben und ein Spiel zu spielen. Nur einer kann König werden und das hat schon immer das Schwert entschieden und nicht der Kopf. Mein Bruder wird ein Heer aufstellen und gegen uns führen -"

Prinzessin Filomanthia hielt es nicht länger in ihrem Versteck. Mit einem lauten „Nein" stürmte sie aus dem Schrank.

„Das könnt ihr nicht tun! Seit Vater König ist, hat es keinen Krieg mehr im Reich gegeben!"

Der Prinz packte sie hart an den Schultern.

„Was weißt du schon von Macht und Kampf? Das ist nur was für Männer! Verschwinde von hier! Und wehe, du verrätst irgend jemandem ein Wort! In drei Tagen kannst du mich als neuen König grüßen!"

Hohnlachend schloss er die Tür hinter seiner Schwester.

Filomanthia eilte in die Arme ihrer Amme. Weinend erzählte sie vom Vorhaben ihrer Brüder.

„Sie werden kämpfen – gegeneinander! Der eine wird den anderen töten. Kann ich denn nichts tun, liebe Amme?"

Die alte Amme trocknete die Tränen der Prinzessin und sagte dann: „Ich kann dir nicht raten. Aber ich kenne jemanden, den du eventuell fragen kannst. Du musst aber wissen, dass dieser Jemand eine Gegenleistung fordern wird!"

Die Prinzessin sprang auf!

„Ja! Ja, ich will ihm alles geben, was er will, wenn er nur diesen Bruderkrieg verhindert. Bitte, liebe Amme, sage mir, was ich tun muss!"

Geh zum höchsten Berg des Landes. Verlass den Weg in Richtung Osten, bis du zu einer Lichtung im Wald kommst. Mehrere große Steine bilden dort einen Kreis. Nimm eine Hand voll Erde auf, verstreue sie über die Steine, stelle dich in die Mitte des Kreises und bitte um Hilfe. Bist du reinen Herzens – so sagt man – wird dir die Hilfe gewährt werden."

„Ist es ein Zauberer? Hat er einen Namen?"

„Das musst du allein heraus finden."

Die Prinzessin überlegte nicht lange und machte sich auf den Weg. Sie tat alles so, wie die Amme es gesagt hatte. Dann stand sie zwischen den Steinen. Etwas unsicher und ängstlich schaute sie sich um.

„Ich … ich brauche Hilfe. Ich meine … ich bitte um einen Rat. Leider weiß ich nicht, wie ich dich ansprechen soll, großer

Zauberer. Bitte, bitte hilf mir, bevor etwas Schreckliches geschieht. Ich bin -"

„Ich weiß, wer du bist, Prinzessin."

Filomanthia schaute um sich, konnte aber niemanden sehen. Dann raschelte es und zwischen den Steinen erschien ein kleiner Gnom. Alles an ihm war irgend wie wulstig: die Nase, die Wangen, die Finger, die runde Figur. Er trug eine rote Hose, ein rotes Wams und eine rote Zipfelmütze.

„Kannst du mir helfen?"

Unsicher sah die Prinzessin den Zwerg an.

„Was bekomme ich, wenn ich dir helfe?"

„Was soll ich dir geben? Was wünschst du dir?"

„Ich verlange das halbe Königreich!"

Filomanthia hielt sich erschrocken die Hand vor den Mund.

„Lieber Zwerg. Meiner Amme habe ich gesagt, ich gebe dir alles, was du willst. Aber das Königreich? Da müsste ich doch eigentlich erst meinen Vater fragen."

Unsicher schaute sie dem Gnom in die Augen unter seinen wülstigen Augenbrauen.

„Willst du nun meine Hilfe oder nicht?"

„Oh ja, ich brauche einen Rat. Also gut, ich werde alles tun, damit du das halbe Königreich von meinem Vater bekommst."

„Gut! So höre denn: Ich kann den Bruderkrieg nur verhindern, wenn du deinem Vater alles erzählst. Im Moment der Offenlegung dessen, was deine Brüder vorhaben, werde ich sie mit einem Zauber stoppen. Aber merke! Im menschlichen Sinne werden deine Brüder ihr Leben verlieren."

Die Prinzessin wollte etwas sagen, aber der Zwerg hieß sie schweigen.

„Du musst wählen, Prinzessin. Wählen zwischen dem Tod deiner Brüder und dem ihrer Krieger oder dem Tod deines Vaters und vieler Unschuldiger und dem Elend, das der Krieg über das Land bringen wird."

Der Gnom verschwand zwischen den Steinen und ließ eine sehr nachdenkliche Prinzessin zurück. Erzählte sie es dem Vater, hinterging sie ihre Brüder und tötete sie. Tat sie aber nichts, verriet sie den Vater und dessen Glauben an den Frieden. Aber sie würde auch das Volk verraten, das ihren Vater verehrte und ihm vertraute. Diese Menschen hatten nichts mit der familiären Fehde zu tun.

Am Morgen des dritten Tages trat Prinzessin Filomanthia vor ihren Vater Filaxis: „Vater, du wartest vergebens auf deine Söhne. Sie haben nicht überlegt, wie sie dein Reich schützen können. Gerade jetzt stehen sie sich mit zwei riesigen Heeren gegenüber und wollen um deine Krone kämpfen. Das ist ihre Antwort auf deine Frage."

„Was erzählst du da, Tochter?"

„Ich habe meine Brüder belauscht. Und Vater, ich kann es nicht zulassen, dass sie sich gegenseitig töten und dein friedliches Land zerstören."

Zornig sprang der König auf.

„Ich glaube dir kein Wort! Du bist nur neidisch auf deine Brüder, weil du dich übergangen fühlst von mir! Sag nichts mehr! Ich will solchen Unsinn nicht hören!"

Mit den Fäusten schlug der König auf die Armlehnen seines Thrones. Da gab es einen Blitz und hinter der Prinzessin erschien die stolze Gestalt eines hoch gewachsenen Mannes in einem Knöchel langen, weiten roten Mantel. Eine tiefe, volle Stimme ertönte: „Sie hat Recht, mein Freund!"

Beide, der König und seine Tochter, sahen den Fremden überrascht an.

„Mein König und Freund, erkennst du mich?"

Lächelnd verneigte sich der Fremde vor König Filaxis. Auch der König hatte nun den Mann erkannt.

„Willkommen, mein Freund und Berater. Wie könnte ich dich vergessen! Dein Rat hat mein Land reich und sicher gemacht, damals, als ich die Krone von meinem Vater übernahm. Ohne Krieg habe ich all die Jahre regiert, auf deinen und den Rat anderer gehört, wenn ich keine Lösung für ein Problem hatte."

„Und du hast eine sehr kluge Tochter groß gezogen. Auch sie hat Rat gesucht, als sie nicht weiter wusste."

„Ich verstehe nicht ..."

„Alles, was sie gesagt hat, ist wahr. Sie musste sich nur noch zwischen dir und deinen Werten oder ihren Brüdern und deren Vorhaben entscheiden. Eine schwere Wahl, denn sie tötet mit ihrer Wahl auf jeden Fall einen Teil ihrer Familie. Entweder ihren Vater oder ihre Brüder. Sie hat sich für dich entschieden!"

Nur langsam begann der König, zu verstehen.

„Die Krieger deiner Söhne waren so zahlreich, angeworben von den umliegenden Inseln und Ländern. Das ganze Land ist übersät von ihnen. Der Kampf um die Krone hätte dein gesamtes Königreich vernichtet.

Mit der Entscheidung deiner Tochter, dich ins Vertrauen zu ziehen, konnte ich einen Zauber aussprechen und den Kampf verhindern. Komm ans Fenster, Filaxis. Was siehst du?"

Der König und die Prinzessin traten neben den Zauberer an das Fenster und schauten hinaus. Lange Zeit herrschte Schweigen. Dann erkannte die Prinzessin das Neue.

„Es sind die Bäume, Vater. Sieh doch! Sie stehen überall!"

„Richtig, Filomanthia. Du hast es erkannt. Jeder dieser Bäume war ein Krieger. So werden sie für ihr Verbrechen bestraft. Anstatt es zu vernichten, werden die einstigen Krieger dein Land und seine Bewohner ernähren. Es sind Olivenbäume. Die Olive ist nicht nur eine Frucht zum Essen. Aus ihr kann auch Öl gewonnen werden.

Die Klugheit deiner Tochter, Filaxis, hat dir nicht nur die Krone erhalten, sondern wird auch den Reichtum des Landes vermehren. Nun sag du mir, hat sie nicht die Krone verdient?"

Mit Tränen in den Augen nahm der König seine Tochter in die Arme.

„Verzeihe mir, mein Kind. Du hast mir eine Lektion erteilt."

Filomanthia löste sich von ihrem Vater.

„Da gibt es noch etwas. Ich werde nicht allein regieren. Als ich den Rat deines Freundes einholte, verlangte er als Gegenleistung das halbe Königreich."

Der König begann zu lachen und meinte zu dem Zauberer: „Da hast du es wieder getan?"

„Und wieder bekommen, Filaxis. Sie ist wirklich und wahrhaftig deine Tochter."

Zu Filomanthia gewandt, setzte er hinzu: „Das mit dem halben Königreich war eine Prüfung für dich, die du erfolgreich bestanden hast. Ich weiß nun, dass du eine kluge und umsichtige Königin werden wirst, ganz im Sinne deines Vaters. Ich kehre in meinen Berg zurück. Es gibt viel zu tun."

Ein heller Blitz, ein leises Grollen und Vater und Tochter waren wieder allein.

„Deine Brüder sind nicht tot, Filomanthia."

„Ich weiß."

„Sie werden ewig leben und uns daran erinnern, klug und bewusst unser Leben zu gestalten. Nun komm! Das Volk will seine neue Königin begrüßen!"

Gemeinsam gingen der König und seine Tochter dem Jubel der Menschen entgegen.

Seit dieser Zeit ist der Olivenbaum ein Zeichen für den Frieden!

Filaxis : der Beschützer
Filomanthia: die Lernwillige

Die Königin und die weise Frau

Viele viele Jahre ist es her, da regierte eine zauberkundige Königin das Land Rhodos. In einem verborgenen Winkel ihres Schlossgartens befand sich ein Brunnen. Aber das war kein gewöhnlicher Brunnen. Es war ein Zauberbrunnen.

Immer, wenn die Königin hinein sah, erblickte sie in einem Moment alles, was in ihrem Königreich geschah. So konnte sie Gegner oder Feinde vernichten, bevor diese ihr schaden konnten.

Aber die Königin war auch eine sehr eitle Frau. Kein Mädchen, keine andere Frau durfte schöner sein als sie. Zeigte ihr der Brunnen eine solche Gestalt, ließ die Königin sie sofort in ihren Palast bringen. Sie gab ihnen einen Becher des Brunnenwassers zu trinken und verwandelte sie damit in graue, unscheinbare Kieselsteine. Die verstreute sie am Meeresufer. Die Schönheit und Jugend der Mädchen ging auf die Königin über.

Eines Abends nun lustwandelte die Königin durch ihren Schlossgarten und beschloss, doch noch einen schnellen Blick in ihren Brunnen zu werfen. Wie erschrak sie, als ihr daraus zwei liebliche Mädchengesichter, umrahmt von langem, goldenen Haar, entgegen blickten.

Ihr sprechender Ratgeber, ein schwarzer Rabe, flatterte auf den Brunnenrand.

„Meine Königin, da wirst du nicht so leichtes Spiel haben. Die Mutter der Zwillinge ist eine weise Frau und sie kennt dein Geheimnis."

„Ach, papperlapapp, alberner Vogel! Ich bin sicher, auch die Zwei geben zwei schöne, hässliche, kalte Steine ab."

Die Königin rief nach der Schlosswache und hieß sie, die beiden Mädchen zu holen. Die Männer aber kehrten nach

Kurzem schon unverrichteter Dinge ins Schloss zurück.

„Herrin, vergebt uns! Aber in der Hütte, in die ihr uns gesandt habt, wohnen nur drei alte Hutzelweiber mit verfilzten Haaren, schmutzigen Gesichtern und in Lumpen gekleidet."

„Ihr Dummköpfe!" , rief da die Königin. Zornig stieß sie mit dem Fuß auf und fuhr fort: „Die Mutter hat ihre Kinder im Dreck gewälzt, damit ihr sie nicht erkennt."

Hinter ihr ertönte das raue gehässige Krächzen ihres Ratgebers.

„Sei ruhig, du Unglücksbote, sonst lasse ich dich in der Pfanne braten!"

Erschrocken verstummte der Rabe sofort.

Die Königin entließ die Wachen und setzte sich zum Nachdenken auf ihren Thron.

„Nun gut", sprach sie, „dann muss ich mich in diesem Fall wohl selbst darum kümmern, dass die Mädchen zum Brunnen kommen."

Die Königin mixte einen Trank. Danach verkleidete sie sich als Händlerin. Gemeinsam mit der Schlosswache ritt sie zur Hütte der weisen Frau mit den zwei wunderschönen Töchtern. Die Wachen ließ sie im nahen Wald zurück, wo sie auf die Königin warten sollten. Sie selbst wartete ebenso, bis sich die Mutter der Mädchen auf den Weg zum Markt machte.

„Liebe Mädchen, schließt die Tür hinter mir sorgfältig und lasst niemanden herein! Tragt eure Kopftücher und verhüllt so euer goldenes Haar. Ich werde mich mit den Einkäufen beeilen."

Als die Mutter nicht mehr zu sehen war, ging die falsche Händlerin zu dem Haus und klopfte an.

„Ist jemand zu Hause? Ich habe Waren feil zu bieten, Schleifen und Bänder, Ketten und Armreifen. Oder soll es lieber ein bunter Stoff für ein neues Kleid sein?"

Neugierig spähten die Mädchen durch das Fenster nach

draußen. Die Königin bemerkte sie.

„Kommt doch heraus. Fürchtet euch nicht! Ich bin nur eine einfache Händlersfrau!"

Die Mädchen öffneten das Fenster einen Spalt breit.

„Wir dürfen niemanden herein lassen, gute Frau. Unsere Mutter hat es uns strengstens verboten."

„Ach, ihr lieben Kinder. Aber ihr müsst mich ja gar nicht hinein lassen. Wenn ihr nur das Fenster ein wenig weiter öffnet, so könnt ihr heraus sehen. Ich zeige euch meine Waren. So folgt ihr auch dem Rat eurer Mutter."

Die Mädchen öffneten das Fenster. Die falsche Händlerin zeigte ihnen all den Tand, den sie in ihrem Korb verwahrte. Dann sprach sie: „Darf ich mich für eine kurze Weile auf die Fensterbank neben euch setzen? Es ist heiß und ich bin auf einmal sehr müde und durstig."

Die Mädchen hatten nichts dagegen einzuwenden. Die Königin setzte sich und zog aus ihrer Rocktasche die Flasche mit dem Zaubertrank. Sie entkorkte sie und augenblicklich durchzog ein würziger Duft die Luft.

„Was trinkst du da, gute Frau?", wollten die Mädchen neugierig wissen.

„Es ist ein Trank zur Stärkung, liebe Kinder."

„Der riecht aber sehr gut!", entgegneten die Mädchen.

„Ja, der schmeckt auch sehr vorzüglich!"

Die Händlerin hielt den Mädchen die Flasche entgegen.

„Wollt ihr nicht mir zu Liebe einmal kosten, meine Vögelchen?"

Die Mädchen zierten sich.

„Ihr müsst euch nicht fürchten. Ich habe den Trank selbst aus allerlei Kräutern zusammen gemixt. Ich will auch den ersten Schluck aus der Flasche selbst nehmen."

Sie trank und dann reichte sie die Flasche wieder den Mädchen. Die waren nun voller Vertrauen zu der netten Händlerin und nahmen beide ein paar Schlucke aus der Flasche. Der Trank wirkte sofort!

Die Flasche glitt zu Boden und zerbrach. Die Königin spuckte den Trank ins Gras und rief eiligst nach den Wachen. Die Männer luden die beiden schlafenden Mädchen auf die Pferde und ritten zum Schloss zurück.

Nur wenig später kam die Mutter der Schönen wieder nach Hause. Die Haustür war verschlossen, das Haus aber war leer. Laut rief sie nach ihren Kindern. Bald entdeckte sie in der Stube das offene Fenster und die zerbrochene Flasche am Boden. Nun wusste sie, was passiert war. Ohne zu zögern warf sie sich ihr Tuch um die Schultern und machte sich auf den Weg in die Stadt.

Die Königin triumphierte derweil: „Siehst du, du dummer krächzender Vogel! Hier sind die beiden Schönen!"

„Sind sie tot?", fragte der Rabe.

„Alberne Frage, natürlich nicht! Ich habe ihnen einen Zaubertrank gegeben und nun schlafen sie. Wenn sie aufwachen, bringen wir sie zum Brunnen, sie trinken daraus und Schluss ist`s mit der lebendigen Schönheit!"

Siegessicher ließ sich die Königin ein opulentes Abendmahl servieren. Doch sie vergaß dabei die Mutter der zwei Mädchen.

Die erreichte die Stadt am frühen Abend und begab sich sofort zu ihrer Cousine. Die Cousine hieß sie herzlich willkommen und die Frau erzählte ihre Geschichte. Wie der Zufall es wollte, war der Ehemann der Cousine der oberste Wachhabende des Schlossverlieses.

Die weise Frau schloss sich für eine gute Stunde in einem Zimmer ein. Als sie mit ihren Vorbereitungen fertig war, gab sie dem Mann ihrer Cousine ein Fläschchen und eine Schachtel. Der Wachmann begab sich zum Schlossverlies.

Dort angekommen nahm er den Schlüssel zum Kerker der Mädchen, sagte, er wolle nur nach dem rechten sehen und öffnete die Tür.

Die Mädchen schliefen noch immer.

Der Mann betrachtete sie voller Staunen, so schön waren sie. So dann öffnete er das Fläschchen der weisen Frau und träufelte, wie ihm geheißen, beiden Mädchen je drei Tropfen der Flüssigkeit auf die Augen. Sofort erwachten die Schlafenden. Erschrocken fuhren sie hoch.

„Was ist passiert? Wo sind wir? Wer seid ihr?"

„Habt keine Angst, liebe Kinder. Ich bin der Mann der Cousine eurer Mutter. Die hat mich geschickt. Ihr habt von einem Zaubertrank der Königin getrunken und bis jetzt tief geschlafen. Drei Tropfen aus dieser Flasche, die eure Mutter mir gab, weckten euch auf."

Der Wachmann legte das Kästchen zwischen die Schwestern.

„Das hat mir eure Mutter für euch mit gegeben. Wenn ich fort bin, sollt ihr es öffnen und dann erfahrt ihr alles, was ihr wissen müsst. Ich soll euch von eurer Mutter grüßen und euch sagen, wie sehr sie euch liebt!"

Er erhob sich und ging zur Tür.

„Lebt wohl, Kinder. Eure Mutter meinte, ich könnte beruhigt die Tür wieder fest verschließen. Nach dem Erhalt des Kästchens wärt ihr in Sicherheit."

„Hab Dank, guter Mann! Und grüße unsere Mutter!" , sagte das eine Mädchen.

„Wir bitten sie um Verzeihung, dass wir ihrem Rat so schlecht gefolgt sind", setzte das zweite Mädchen hinzu.

Der Wachmann verschloss die Tür und ging seufzend von dannen.

Im Verlies beugten sich die Schwestern neugierig über die Schachtel der Mutter. Zu oberst lag ein Brief an die Kinder:

Meine lieben Kinder!
Ihr wisst beide, dass man mich eine weise Frau nennt. Ich verfüge über gewisse Fähigkeiten, aber ich kann die Königin nicht wirklich bekämpfen.Ich kann euch nur zur Flucht verhelfen. Versucht, bis an die Südspitze des Königreiches zu gelangen. Das ist ödes, unwirtliches Land. Da wird euch die eitle Frau sicherlich nicht suchen. Versucht dort, ein Schiff zu finden, das euch weit fort bringt von hier. In der Schachtel findet ihr zwei weiße Taubenfedern, zwei weiße Fuchsfellhaare und zwei weiße Taschentücher mit je drei Tränen von mir darin enthalten. Die Taschentücher benutzt nur, wenn es keinen Ausweg mehr gibt!
In Liebe
Eure Mutter

Die Mädchen verstauten alles, was sie erhalten hatten, am Körper. Dann legten sich beide die Federn auf den Kopf und sagten dazu den Spruch, den ihnen die Mutter aufnotiert hatte. Die Mädchen verschwanden und an ihrer Stelle saßen zwei weiße Tauben. Leicht erhoben sie sich in die Luft und flatterten durch die dicken Gitterstäbe des Verliesfensters davon, in Richtung der Südspitze der Insel.
Früh am Morgen erschien die Königin mit der Palastwache im Kerker. Der Wachhabende öffnete die versperrte Tür. Die Königin trat ein und erstarrte!
„Wo sind die verfluchten Mädchen? Wieso sind sie nicht mehr hier?"
Einer der Männer entdeckte das Kästchen im Stroh.
„Vielleicht hilft euch das weiter, meine Königin?"
Eilig ergriff die Königin die kleine Schachtel und stürzte wütend davon in Richtung des Brunnens.
Dort angekommen, fragte sie den Brunnen, noch ganz außer

Atem: „Sag mir Brunnen, wo sind die Mädchen hin?"
Aber das Wasser blieb still und dunkel.
Da hörte die Königin ihren Raben krächzen.
„Warum zeigt mir der Brunnen nichts? Er sieht doch sonst alles? Er zeigt mir jeden Menschen in meinem Königreich!"
Der Rabe legte seinen Kopf schräg und schielte vom Brunnenrand zur Königin hinauf.
„Nun sag schon:Was denkst du. Rabe?"
„Kraa. Vielleicht sind es keine Menschen mehr, Kraa, kraa."
„Was du dir da wieder ausdenkst!"
Die Königin schüttelte den Kopf, nach kurzem Nachdenken jedoch, sagte sie zu ihrem gefiederten Ratgeber: „Wenn aber an deiner Idee doch etwas dran ist?"
„Königin, mir fällt da gerade etwas ein!"
„Sprich schon! Und spann mich nicht länger auf die Folter!"
„Im frühen Morgengrauen sah ich zwei weiße Tauben auf der Schlossmauer sitzen. Sie wirkten sehr vertraut miteinander und schnäbelten, bevor sie los flogen."
Triumphierend hob die Königin die Arme.
„Manchmal bist du ja doch zu etwas zu gebrauchen, krächzender Vogel. Da hat die Alte also einen Weg gefunden, ihren Töchtern zu helfen. Aber das nutzt ihnen nichts mehr! Rabe, in welche Richtung flogen die Tauben?"
„Über die Turmspitze hinweg in südöstliche Richtung, meine Königin."
„Das ist sehr schlau ausgedacht. Da hätte ich sie nun wirklich nicht vermutet. Die Alte ist klüger, als ich dachte!"
Die Königin rief ihre Vogelfänger. Die kamen mit riesigen Netzen und Käschern und nahmen die Verfolgung der zwei weißen Tauben auf. Es dauerte nicht lange, da waren die Vogelfänger den Tauben schon sehr nahe gekommen. Die zwei Taubenschwestern verständigten sich, landeten auf der Erde

und wurden wieder zu den beiden Mädchen. Die legten sich nun beide das Fuchshaar auf den Kopf und sprachen wieder den Zauberspruch. Sekunden später entkamen zwei weiße Füchse über das Feld.

Doch die Königin war aufmerksam geblieben. Sie sah die Tauben vom Himmel fallen und wenig später die beiden Füchse. Seltsamerweise waren auch sie, wie die Tauben, ganz weiß!

„Die Jäger! Wir brauchen die Jäger! Die Tauben sind jetzt zwei weiße Füchse! Schnell! Schnell!"

Und so ging die Jagd nach den beiden schönen Mädchen, nun in Gestalt zweier Füchse, weiter.

Die Füchse waren flink und erreichten auch wirklich die Südspitze von Rhodos. Aber die Königin mit ihren Jägern war nur kurz hinter ihnen. Weinend fielen sich die beiden Schwestern in die Arme.

„Es gibt kein Entkommen mehr!"

„Ich weiß, liebe Schwester. Es ist weit und breit kein Schiff zu entdecken und die Zeit reicht nicht zum Warten!"

„Ich will aber nicht in die Hände dieser bösen Frau fallen.!"

„Ich auch nicht. So lass uns die Taschentücher verwenden. Unsere Mutter weiß, was sie tut!"

„So wollen wir ihrem Rat wenigstens jetzt folgen!"

„Leb wohl, Mutter!"

Damit legten sich die beiden Mädchen die Tücher auf ihre Häupter. Augenblicklich verwandelten sie sich in azurblaues Wasser. Dieses ergoss sich über die Südspitze der Insel und bildete zwei neue, Schönheit ausstrahlende Meere, die sich in ihrer Mitte berührten, ihre Wasser jedoch nicht vermischten.

Die weise Frau hatte sich zum Brunnen der Königin geschlichen und so von ihren Kindern Abschied nehmen können. Sie weinte ihre Tränen in das Wasser des Brunnens. Das wurde nun trübe von all der Traurigkeit und verlor seine Zauberkraft. Die Königin hatte wegen ihrer Eitelkeit die Quelle ihrer Macht verloren. Kein Mädchen wurde mehr verzaubert. Die Schönheit und Jugend der Königin verging. Bald überfiel der König des Nachbarreiches die Insel und vertrieb die Königin von ihrem Thron. Der Rabe blieb im Schlossgarten, denn niemand lässt sich gern ständig beschimpfen.

Die beiden Meere aber, die einmal zwei wunderschöne Schwestern gewesen waren, breiteten sich aus und wuchsen um die Insel herum. Die Mutter der Schwestern baute sich ein Haus an der Südspitze der Insel und war so Tag und Nacht in der Nähe ihrer geliebten Kinder und sie lauschte den im Rauschen der Wellen vernehmlichen Stimmen ihrer Töchter.

Wenn ihr heute nach Prasonissi fahrt, könnt ihr die beiden Meere betrachten und auch die Stelle, an der sie sich berühren.

Und überall an den Stränden findet ihr große graue, unscheinbare Kieselsteine, Zeugen davon, dass die Geschichte wahr ist, die ich euch hier erzählt habe.

Die schwarzen Schlangen

Vor vielen vielen Jahren herrschte eine Königin über Rhodos. Sie war eine stolze und tüchtige Frau. Ihr geliebter König war schon vor langer Zeit verstorben. Nun waren ihre Zwillinge zu zwei lieben, verständigen Kindern heran gewachsen.

Etliche Monate drängte der Hofrat die Königin, einen neuen König zu erwählen. Die Königin selbst dachte schon geraume Zeit darüber nach, wollte sie ihren Kindern doch auch einen neuen Vater zur Seite geben und sich selbst einen Ehemann, der ihr beim Regieren des großen Landes helfen würde.

So schickte sie ihre Boten aus und erwählte, nach reiflicher Überlegung König Krifos, den Bruder von König Wrachos, der über die Felseninsel herrschte.

Die Hochzeit wurde gefeiert und das Volk war zufrieden, endlich wieder einen guten König zu haben.

Aber wie gut war er wirklich?

Als Bruder von König Wrachos hatte er im Felsenreich kein Recht, zu regieren. Einst hatte ihm ein merkwürdiger Wanderer ein schwarzes Ei geschenkt. Wann immer es ihm nach Macht gelüste, solle er das Ei ausbrüten lassen. Der Inhalt werde ihm nützlich sein. Aus dem schwarzen Ei war eine schwarze Schlange geschlüpft, die alles um sich herum tot biss. Ein wenig bewandert in der dunklen Magie erkannte Krifos das böse Pozential. Er zapfte seinem neuen Lieblingsspielzeug das Gift ab, sammelte es und nahm es selber ein. Er fühlte sich stärker werdend und pflegte seinen Hass. Bei seinem Bruder musste er vorsichtig sein. Er war von allen geliebt und einige Hofleute trauten ihm nicht über den Weg und bewachten jeden seiner Schritte. Nun endlich aber besaß er selbst einen Thron und ein Land und wollte alle seine Vorteile nutzen. Es gab nur zwei Personen im Lande, die ihm bei seinen ehrgeizigen Plänen im Weg standen. Das waren die Kinder der Königin, die Zwillinge Evgenia und Lampros. Diese beiden waren die Thronerben. Aber er wollte ihnen auf keinen Fall den Thron überlassen. Er fasste in seinem von Neid geplagten Herzen den Entschluss, die Kinder aus dem Schloss zu entfernen.

König Krifos plante alles sehr sorgfältig.

Evgenia und Lampros liebten die Natur. Der liebste Freund der Prinzessin war ein kleiner bunter Vogel, des Prinzen Spielgefährte ein Eichhörnchen. Das Reich der Mutter war gesäumt von weiten, wunderschönen Wäldern mit zahlreichen Tieren und Vögeln, tief grünen Wiesen, durchzogen von Flüssen und Bächen mit lustig schimmernden Fischen.

So sprach denn der König zu den Kindern: „Heute ist der richtige Tag für einen Ausflug. Sattelt eure Lieblingspferde. Wir reiten zum Berg Ataviros."

„Oh ja, Vater! Du machst uns damit eine große Freude!", rief Prinz Lampros. Bereits auf dem Weg zur Tür des Thronsaales winkte er seiner Mutter zu und drängte seine Schwester.

„Nun komm schon, Evgenia! Trödel nicht so herum. Du weißt, der Vater wartet nicht gern."

Lachend küsste die Königin ihre Tochter zum Abschied. Als die drei zum Tor hinaus ritten, dachte sie voller Glück:'Wie schön ist es doch, dass sich meine Kinder so gut mit ihrem neuen Vater verstehen!'

Noch während sie Freude beim Hinterherschauen empfand, ergriff aber schon unsichtbares Grauen, ausgelöst vom Stiefvater der Kinder nach den Selbigen.

Der Morgen war still, die Sonne stieg in den blauen Himmel und die drei Pferde, zwei weiße Stuten für den Prinzen und die Prinzessin und ein edler Rappe für den König, trugen ihre Reiter dem Berg entgegen. König Krifos führte die Kinder zu einer kleinen versteckten Lichtung.

„Lasst uns hier Rast machen, etwas Brot essen und frisches Quellwasser trinken."

„Ja, Vater. Das wollen wir tun."

Der Prinz half seiner Schwester vom Pferd und Evgenia breitete eine Decke auf der Wiese aus. In der Zwischenzeit brachte ihr Bruder Quellwasser in einem Zinnkrug. Der König packte den Picknickkorb aus, verteilte Brot und Käse und füllte die Zinnbecher.

Nach dem Mahl gab der König vor, ein wenig ruhen zu wollen. Die Kinder stromerten durch das hohe Gras, beobachteten die kleinen Krabbeltiere zwischen den Gräsern

und kleine silberne Fische im Bach. Die Prinzessin drehte sich zum Vater, wollte sie ihn doch auf einen besonders bunten Schmetterling aufmerksam machen. Aber was war das? Was war geschehen?

Der Vater war nicht mehr da. Auch die Decke mit dem Korb war verschwunden, eben so die drei Pferde.

„Lampros! Lampros! Sieh doch nur! Der Vater ist verschwunden."

Beide Kinder liefen, den Vater suchend, über die Lichtung. Sie riefen beide: „Vater, Vater! Wo bist du? Bitte Vater, komm hervor, wir haben doch Angst so alleine!"

Doch kein Vater erschien, kein Pferd war zu sehen. Die kleine Prinzessin begann, sich zu fürchten. Prinz Lampros tröstete sie.

„Ach, das ist gar nicht so schlimm, Schwesterchen. Bestimmt ist der Vater nur voraus geritten , weil wir beide wieder die Zeit vergessen haben. Siehst du da vorn den Weg? Da sind wir gekommen. Den laufen wir einfach entlang. Der Vater wird sicherlich an der großen Weggabelung auf uns warten."

Prinz Lampros nahm Prinzessin Evgenia bei der Hand und gemeinsam liefen sie zum Rand der Lichtung. Plötzlich prallte der Prinz gegen etwas Unsichtbares.

„Was ist?", fragte das Mädchen.

„Es geht einfach nicht weiter!"

Der Prinz lief nach rechts und auch nach links, tastete über dem Kopf und am Boden entlang.

„Das ist eine Wand.Wir können sie nur nicht sehen."

Stumm folgte die Prinzessin ihrem Bruder, der den Rand der Lichtung abschritt, wohl auf der Suche nach einer Öffnung in der unsichtbaren Wand.

„Nichts, nichts! Wir sind eingeschlossen auf dieser Wiese!"

Evgenia schluchzte auf.

„Wie in einem Gefängnis! Was ist nur passiert?"

Mittlerweile war es dunkel geworden. Schützend nahm der Bruder seine Schwester in die Arme.

„Glücklicherweise sind die Nächte nicht mehr kalt. Wir werden versuchen, zu schlafen. Morgen finde ich für uns einen Ausweg!"

„Versprochen, Lampros?"

„Prinzenehrenwort!"

Der lange Ritt, die Sonne und die Aufregungen hatten die Kinder so müde gemacht, dass sie trotz Hungers schnell einschliefen.

In der Zwischenzeit war der grausame König ins Schloss zurückgekehrt. Als er durch das Tor ritt, raufte er sich die Haare und klagte laut:"Ein Unglück ist geschehen! Wehe mir! Meine armen Kinder!"

Der entsetzten Königin erzählte der böse Mann eine schaurige Geschichte von einem schrecklichen Untier, welches angeblich die Kinder beim Spiel überrascht und gefressen hatte. Gleichzeitig erging sein Befehl, diesen Wald von nun an und immer zu meiden, damit nicht noch weitere Menschen zu Tode kämen. Die Königin glaubte natürlich den Erzählungen ihres Gemahls und fiel in tiefe Trauer.

Ihr habt ja sicherlich schon erkannt, dass der König Krifos ein durch und durch böser Zauberer war. Er verfügte über große Kräfte und er wollte das schöne Königreich für sich ganz allein. An die Qualen der Kinder dachte er nicht. Wenn es nach ihm ging, sollten sie auf der Lichtung verhungern.

Aber wo es das Böse gibt, ist auch immer das Gute!

Die Morgensonne kitzelte am anderen Tag Bruder und Schwester auf der Lichtung an den Nasenspitzen wach. Sie wuschen sich das Gesicht im Bach. Als Evgenia ihren Kopf hob, saß auf der anderen Uferseite ein niedliches Eichhörnchen. Mit seinen Pfötchen häufte es Nüsse übereinander, zwinkerte dem Mädchen zu und verschwand.

„Schau nur, wie lieb. Das Eichhörnchen hat uns Nüsse gebracht!"

Ein kleines Vögelchen schwirrte vor ihren Nasen her und führte die Kinder zu einem Strauch. Es pickte eine Beere von einem der Äste und legte sie dem staunenden Prinzen in die Hand.

„Ob es wohl meint, dass die Beeren essbar sind?", fragte der Prinz seine Schwester.

Wie zur Bestätigung pickte der Vogel noch eine Beere vom Strauch und warf sie der Prinzessin in den Schoß. Die Kinder dankten den Tieren und stärkten sich.

Plötzlich erschallte ein Rauschen über ihren Köpfen. Der Junge und das Mädchen konnten es kaum glauben, was sie sahen: Vier der großen königlichen Falken ließen sich auf die Lichtung sinken. Vorsichtig packten je zwei der Vögel eines der Kinder, hoben sie hoch über die Wiese empor und setzten sie, außerhalb der unsichtbaren Mauer, wieder auf der Erde nieder. Sie hatten von dem Eichhörnchen und dem Vögelchen erfahren, in welcher Gefahr sich die Zwillingskinder befanden.

Ihre Hilfe war ihr Dank an die beiden, die sie vor dem Abschuss gerettet hatten. Der Vater hatte sie töten wollen, weil sie ein letztes Überbleibsel des alten Herrschers waren. Die Kinder hatten sich durchgesetzt bei Hofe, auch, weil Krifos noch vorsichtig sein musste mit der Verwirklichung seiner Pläne. Die glücklichen Zwillinge winkten den davon fliegenden Tieren noch lange nach und machten sich dann auf den beschwerlichen Heimweg.

Ob sie wohl glücklich im Schloss angekommen sind?

Ihr wisst ja schon, liebe Kinder – Jeder böse Zauberer weiß, was um ihn herum geschieht und so besaß auch König Krifos eine sehende Kristallkugel. Die zeigte ihm nun Prinz Lampros und Prinzessin Evgenia auf ihrem Heimweg. Krifos tobte und schrie in seiner geheimen Zauberkammer tief unter dem Schloss:

„Wie konnte das geschehen? Wer hat ihnen nur geholfen? Ich muss sofort etwas unternehmen, aber was? Was nur? Ich brauche eine gute, sichere Idee!"

Sein Blick irrte zwischen seinen Zaubergegenständen umher und blieb an einer kleinen braunen Flasche hängen. Gierig griff er danach und murmelte: „Das ist genau das Richtige für diese Gören! Da kann ihnen keiner mehr helfen!"

Eilig sattelte er sein Pferd und ritt den Kindern entgegen. An einer munter sprudelnden Quelle machte er Halt. Er öffnete das geheimnisvolle Fläschchen und schüttete den Inhalt in die Felsspalte, aus der die Quelle entsprang. Dann murmelte er voller Hass einige Zauberworte.

„Möge der Zauber sich erfüllen!", setzte er noch hinzu.

Höhnisch lachend schwang er sich auf sein Pferd und ritt nach Hause auf das Schloss.

Gegen Mittag erreichten der Prinz und seine Schwester besagte Quelle.

„Oh, ich habe solchen Durst!", sagte Prinzessin Evgenia.

„Du hast Recht! Es ist heiß! Lass uns ein wenig rasten und aus der Quelle trinken."

Beide formten ihre Hände zu Schalen und tranken das perlende, frische Wasser. Oh, hätten wir sie nur warnen können!

„Was ist denn nur plötzlich, Lampros? Mir wird so anders."

„Mir geht es genau so, Schwesterchen."

Wo eben noch zwei Menschenkinder an der Quelle standen, grasten nun eine kleine zarte Hirschkuh und ein kleiner stolzer Hirsch. Der böse Zauberer hatte die Kinder in Tiere verwandelt. Der Weg für ihn war frei!

Die Königin hatte ihre Lebensfreude verloren und ließ ihren Gemahl in allen Dingen gewähren. Sie war kein Hindernis für ihn. Er schikanierte das Personal, nahm die Bauern schamlos aus. Langsam fiel das ganze Land ins Dunkel. Um alles noch viel schlimmer zu machen für die Bewohner des Königreiches, schuf der Zauberer sich eine ganz spezielle Armee aus seinem Lieblingstier, der schwarzen, äußerst giftigen Schlange. Bisher hatte er nur ihr Gift benutzt. Nun ließ er die Schlange frei. Sie kroch und schlängelte sich durch das Land und vermehrte sich sehr rasch. Die giftigen Vipern wurden zur Plage. Sie töteten mit ihrem Biss Tiere und auch Menschen. Dem Zauberer war das egal. Er brauchte niemanden, er war glücklich allein.

Im Wald nahe dem Berg Ataviros lebten die Hirschkuh und der Hirsch. Aber sie verbrachten ihre Tage nicht einsam, sondern in lieber Gesellschaft. Mit der Verwandlung in Tiere konnten die beiden die Tiere nun auch verstehen und ihre Sprache sprechen. So gab es immer viel zu berichten. Und dann, eines Tages, erreichte die erste Mitteilung über die giftigen bösen schwarzen Schlangen den Wald und die Hirschzwillinge. Als die Nachrichten immer häufiger kamen und immer schrecklicher wurden, beschlossen die kleine Hirschkuh und ihr Bruder, etwas zu unternehmen.

„Schwesterchen, wir können nicht dabei zusehen!"

„Ja, lieber Bruder. Aber was können wir tun, um den Menschen zu helfen? Es versteht uns doch keiner und wir haben keine Arme mehr."

„Aber wir haben jeder zwei Paar Hufe! Damit können wir kämpfen!"

So war es beschlossene Sache und Prinz Hirsch und Prinzessin Hirschkuh zogen in den Krieg gegen die schwarzen Schlangen.

Die Zwillinge in Tiergestalt wanderten durch das Königreich. Überall, wo sie auf die schwarzen, sich schlängelnden Untiere trafen, nutzten sie ihre Hufe und zertrampelten den Gegner. Sie waren mutig und entschlossen.

Schnell, sehr schnell verbreitete sich die Kunde über das Land, dass zwei Hirsche alle schwarzen Schlangen töteten, die ihnen begegneten. Die Menschen dankten es ihnen. Sie ließen sie in ihren Ställen nächtigen, tränkten und fütterten sie, damit beide kräftig blieben.

Die Kunde drang auch zur traurigen Königin vor, die schon lange eingeschlossen in ihren Gemächern leben musste.

Der schwarze Zauberer sah alles in seiner Kristallkugel und wusste sofort, wen er da in Tiergestalt vor sich hatte.

„Oh, hätte ich euch damals nur eigenhändig getötet! Dann könntet ihr jetzt nicht so gegen meine kleinen Lieblinge vorgehen! Aber wartet nur! Ich werde nachholen, was ich versäumte!"

Schon seit vielen Jahren trank der Zauberer jeden Tag ein paar Tropfen des Schlangengiftes. Daraus erwuchs ihm seine böse Zauberkraft. Nun hatte er schon so viel von dem Gift in seinem Körper, dass er sich selbst in den schwarzen Schlangenkönig verwandeln konnte.

Der Körper des Schlangenkönigs war von einem ganz besonders intensiven Schwarz und sein Gift natürlich ganz besonders giftig.

Und nun trat der Schlangenkönig den beiden Hirschen entgegen.

„Hört auf, meine Diener zu töten! Es sind ihrer zu viele. Wenn ihr das tut, lasse ich euch am Leben. Wollt ihr aber weiter kämpfen, werde ich euch töten und ihr werdet eure Mutter nie wieder sehen!"

„Wir werden nicht aufhören, gegen dich zu kämpfen. Du hältst unsere Mutter gefangen. Dem Land und seinen Bewohnern geht es schlecht. Alle leiden Not – die Menschen und die Tiere. Unsere Mutter können wir sehen, aber sie würde uns nicht erkennen. Auch können wir nicht mehr zu ihr sprechen, denn sie versteht die Sprache der Tiere nicht. Es gibt für uns beide also keinen Grund, dich und deinesgleichen zu verschonen!", sagten der stolze kleine Hirsch und die kleine Hirschkuh wie aus einem Munde.

„Nun denn, so lasst uns kämpfen!"

Der Schlangenkönig zischte laut und die unzähligen schwarzen Schlangen griffen die beiden Hirsche an. Bruder und Schwester sahen sich in die Augen. Prinzessin Evgenia sagte: „Für unsere Mutter!"

Prinz Lampros antwortete: „Für unser Königreich!"

Und die ungleiche Schlacht begann. Wie lange sie dauerte, kann niemand mehr berichten. Die Erde bebte unter den Hufen der Hirsche, die Luft erzitterte vom Zischen der Schlangen.

Das Stampfen der Hufe wurde irgend wann schwächer, aber auch das Zischen, denn die Hirsche töteten jede Schlange, die ihnen zu nahe kam.

„Schwester, du darfst jetzt nicht müde werden! Denk an unsere Mutter!", rief der Hirsch der Hirschkuh zu.

Und wieder wurde das Hämmern der Hufe lauter und wilder, bis es plötzlich erstarb. Der Staub legte sich und das Prinzenpaar schaute über ein riesengroßes Gebiet, das übersät war mit schwarzen Schlangenleibern. Erschöpft, aber zufrieden, nickten sich die beiden zu.

„Da, da, Bruder, was war das? Da hat sich etwas bewegt!"

„Ich habe es auch gesehen, Schwester! Irgend etwas hat im Sonnenlicht geblinkt!"

„Die Krone des Schlangenkönigs!", riefen beide gleichzeitig.

„Wenn er entkommt und sich zurück verwandelt in seine menschliche Gestalt, dann war alles umsonst, Schwester!"

Beide stürmten sie dem Glanz der Schlangenkrone hinterher. Hier auf dem Schlachtfeld mussten sie ihn stellen. Die kleine flinke Hirschkuh erreichte den schwarzen glänzenden Leib zuerst und hieb mit ihrem linken Vorderhuf auf den Schwanz des Schlangenkönigs. Wütend züngelte der König und versuchte, die Hirschkuh zu beißen, aber da war der kräftige Bruder schon heran. Mit einem gewaltigen Schlag seines rechten Hinterhufes zertrümmerte er den Kopf des Schlangenkönigs. Ein einzelner wütender Schrei erfüllte die Luft, dann war alles vorbei!

Bruder und Schwester rasteten ein wenig und erholten sich von dem Kräfte raubenden Kampf. Doch voller Unruhe brachen sie bald darauf auf, um ihre Mutter zu besuchen.

Tiere und Menschen jubelten und die bereits befreite Königin erwartete die Hirsche schon im Schlosshof. Zärtlich streichelte sie die Köpfe der beiden Tiere.

„Ich bin euch sehr zu Dank verpflichtet. Ihr habt mich und mein Land befreit von diesem bösen Zauberer."

Die zwei Hirsche schauten sie aufmerksam an aus ihren

dunklen Augen. Die Königin stutzte.

„Mir scheint es, als müsste ich euch kennen. Ich sehe in eure Augen und spüre Wärme im Herzen. Ich berühre euer Fell und fühle eine Erinnerung auf meiner Haut."

Sie begann zu weinen. Tränen tropften aus ihren Augen auf die Gesichter der Tiere, die Augen, die Nüstern und die kleinen Mäulchen. Und siehe da – wieder einmal vollbrachten die Tränen einer liebenden Mutter ein Wunder. Die Hirsche verwandelten sich zurück in das Mädchen Evgenia und den Jungen Lampros. Nun endlich, nach so langer Zeit, konnten sie ihrer Mutter erzählen, was wirklich passiert war!

Das Eichhörnchen setzte sich auf die Schulter des Prinzen, das kleine bunte Vögelchen umflatterte aufgeregt die Prinzessin. Die stolzen Falken blickten zufrieden von der Schlossmauer herunter in den Hof.

Es gab ein riesiges Fest. Die Menschen aßen an langen Tafeln aus tiefen Schüsseln und von großen Tellern, aber nur Reis und Kartoffeln, Obst und Gemüse. Denn jetzt, wo jeder wusste, dass die Tiere eine Sprache hatten und den Menschen verstanden, verschwanden sie natürlich schnell aus den Kochtöpfen und von den Speiseplänen. Statt dessen gab es auch für Huhn und Schwein, Reh und Hase, ja selbst für die Fische ein tierisches Festmahl.

Nach drei Tagen und drei Nächten fielen Prinz Lampros und Prinzessin Evgenia müde in ihre Betten und schliefen glücklich ein. Als die Königin am nächsten Morgen kam, um ihre Zwillinge liebevoll zu wecken, bemerkte sie etwas Glitzerndes am rechten Fuß ihres Sohnes, der sich unter der Decke hervor gestohlen hatte.

„Mein Sohn, was hast du an deiner rechten Ferse?"

„Ich weiß nicht, wo von du sprichst, Mutter?"

Die Prinzessin sprang aus ihrem Bett.

„Lass mich, ich will es zu erst sehen!"

Fröhlich rangelten der Junge und das Mädchen ein Weilchen. Endlich hielt Evgenia triumphierend den rechten Fuß ihres Bruders mit ihren Händen fest. Aber wie staunte sie über das, was sie da sah …

Nun, liebe Kinder, wisst ihr es?

„Es ist eine kleine goldene Krone, Mutter!"

„Das glaube ich nicht. Du willst mich nur auf den Arm nehmen. Gib mir rasch meinen Handspiegel."

Drei ungläubige Augenpaare blickten auf die Ferse des Prinzen.

„Es ist wirklich eine Krone!", rief der Prinz.

„Und sie sieht aus wie die Krone des ehemaligen Königs.", setzte die Königin erstaunt hinzu.

„Ja! Ja!", jubelte die Prinzessin. „Erinnere dich, Lampros! Ich habe den Schlangenkönig mit einem Huf am Schwanz fest gehalten und du hast ihm den Kopf zertrümmert. Du bist mit deinem Huf auf die Krone getreten und das wohl so kräftig, dass die Krone in deine Ferse gepresst wurde."

Sie tanzte um das Bett herum.

„So muss es gewesen sein", murmelte ihr Bruder.

Die Prinzessin nahm ihren Bruder und ihre Mutter bei der Hand und sang: „Mein Bruder hat eine Krone am Fuß! Mein Bruder hat eine Krone am Fuß!"

Die Krone habe ich natürlich nicht gesehen. Aber ich weiß, dass die Königin und ihre Zwillinge noch viele Jahre glücklich gelebt und ein reiches blühendes Land regiert haben.

Noch heute erinnern zwei Stelen an der Einfahrt zum Mandraki-Hafen mit einem Hirsch und einer Hirschkuh an dieses Geschehen vor langer langer Zeit.

Evgenia : die Gute
Krifos : der Geheime

Lampros : der Glänzende
Wrachos : die Felseninsel

Petranichta und die sieben Brüder

Es waren einmal sieben Brüder. Sie lebten am Fuße eines Berges tief im Innern des Landes. Alle sieben waren große starke Männer. Sie bewirtschafteten gemeinsam einen großen Hof, gingen auf die Jagd und zum Fischen. Für ihren Lebensunterhalt war reichlich gesorgt.

Eines Tages beschlossen die Brüder, ein neues, größeres Haus zu bauen. Sie schärften die Äxte und Beile und zogen auf den Berg. Lange suchten sie nach den kräftigsten Bäumen und kennzeichneten sie. Bald erklang der rhythmische Schlag der Äxte.

Plötzlich ertönte ein Grummeln und Stöhnen im Berg. Der Himmel verdunkelte sich. Es wurde finster und kalt im Wald. Dann ein dumpfes Bersten. Vor den Augen der Brüder spaltete sich der Fels. Heraus trat eine schöne Frau. Sie war schlank und groß gewachsen. Nachtschwarzes Haar umgab ihre Schultern. Ein edles, jedoch hochmütiges Gesicht wurde von schwarzen Augen beherrscht. Auch ihr eng anliegendes langes Kleid war schwarz glänzend, schwärzer als eine Nacht ohne Sterne.

„Wer wagt es, mich in meiner Ruhe zu stören?"

Der Älteste trat vor, verneigte sich und sprach:"Wir sind sieben Brüder und wohnen am Fuß des Berges. Wir beschlossen, ein neues, großes Haus zu bauen und kamen hierher zum Bäume fällen."

„Ein Haus wofür?"

Die Stimme der Frau war hart wie der Fels, aus dem sie kam.

„Es ist an der Zeit für uns, einen Hausstand zu gründen. Nach dem Neubau des Hauses werden wir gemeinsam auf Brautschau gehen."

Der zweite Bruder hatte gesprochen.

„Ich bin Petranichta, die Herrin des Berges! Wer erlaubte euch, Hand an meinen Besitz zu legen?"

Ihre Stimme klirrte wie brechendes Eis.

„Keiner wusste, dass wir unrechtmäßig euer Land betreten haben. Seit mehr als zwanzig Jahren leben wir hier. Niemand sah Euch, edle Dame, oder hat von Euch berichtet. Verzeiht uns!"

Der dritte Bruder verbeugte sich mit diesen Worten vor der hohen Gestalt der Frau.

„Niemand, hört ihr, niemand schlägt Bäume in meinem Wald. Der Berg gehört mir schon so lange und bisher war noch keiner so unverfroren, derartiges zu tun!"

Mit einem Schwung ihres rechten Armes vollzog sie eine Geste, als wolle sie über den Wald zeigen. Dann drehte sie sich um und verschwand im Innern des Berges. Der Spalt schloss sich wieder hinter ihr, ohne dass eine Spur davon zurück blieb.

Unschlüssig, was sie tun sollten, nahmen die sieben Brüder ihre Äxte und Beile wieder auf.

„Seht nur, die Bäume!"

Aufgeregt deutete der Jüngste auf die Bäume, die sie begonnen hatten zu schlagen. Kein Axthieb war zu sehen. Unversehrt standen sie da. Einer von ihnen berührte den ihm am nächsten stehenden Baum und zuckte zurück.

„Er ist tot! Der Baum ist zu Stein geworden!"

„Dieser auch."

„Ja, der auch!"

Die Brüder betasteten die Bäume; die Rinde, die Äste, die Blätter. Sie standen in einem steinernen Wald.

Wieder zu Hause, beratschlagten sie sich.

„Wir können kein neues Haus mehr bauen. Dann muss das alte reichen. Aber wir können weiterhin ernten und jagen. Wir meiden den steinernen Wald. So stören wir die herrische

Besitzerin nicht."

Fröhlich schulterten die sieben Jäger bald darauf ihre Bögen, kontrollierten ihre Pfeile und zogen los. Sie blieben am Fuß des Berges und umgingen die steinernen Bäume, die vor kurzem noch voller Leben waren. Das Jagdglück war mit ihnen. Jeder erlegte ein Stück – einen Rehbock, eine Wildziege, einen Fasan, eine Wildgans, ein Rebhuhn, einen Hasen und eine Taube. Stolz trugen sie ihre Beute zusammen.

Da öffnete sich vor ihnen die Erde. Aus dem Schwarz des Bodens erhob sich Petranichta vor ihnen. Böse funkelten ihre schwarzen kalten Augen.

„Wer hat euch erlaubt, in meinen Gärten zu wildern?"

„Verzeiht, edle Dame, unsere Unwissenheit. Wie konnten wir ahnen, dass auch dieses Gebiet euch gehört."

Der älteste Bruder, wiederum ihr Wortführer, war hervor getreten. Ein kalter Hauch umwehte ihn.

„Ich habe euch schon beim ersten Mal gesagt: der Berg gehört mir, mir allein!"

Ihre Stimme war angeschwollen und klang wie Donnergrollen. Mit einer Handbewegung deutete sie auf das erlegte Wild. Dann erschallte ein hohnvolles Lachen und sie versank in der Erde.

Die Brüder blickten entsetzt auf ihre Jagdbeute. Da, wo die Tiere gelegen hatten, lagen jetzt sieben Steine.

Steine fanden sie auch überall auf ihrem Heimweg, große und kleine. Doch nirgendwo ein Lebewesen, weder einen Vierbeiner, noch einen Vogel oder Fisch, ja nicht einmal eine Fliege.

„Sie verwandelt alles in Stein!"

Resigniert saßen die Brüder am Abendbrottisch über einer Schüssel Haferbrei.

„Ja. Sie wahrt ihren Besitz auf merkwürdige Art. Doch der Hof gehört uns! Lasst uns die Felder bestellen und die Ernte einbringen!"

Die Brüder waren einverstanden mit dem Vorschlag des Ältesten. Die Zeit verging. Arbeit gab es genug und sie mieden den Berg und das Vorland.

Erntezeit!

Hart arbeiteten sie, um das Korn einzubringen. Endlich war es geschafft! Stolz schlugen sich die Sieben auf die Schultern und leerten jeder einen Becher Wein.

Da blitzte und donnerte es. Der Tag ward zur Nacht und aus den Schatten trat Petranichta hervor.

„Ihr Elenden! Habt ihr noch nicht verstanden, wer hier herrscht? Ich bin es. Ich allein. Mir gehört der Berg und das wilde Tal und auch das Land, wo ihr euer Getreide anbaut. Ich wollte gnädig mit euch sein und ließ euch Raum zum Leben. Aber ihr fragt weder um Erlaubnis für euer Tun, noch zahlt ihr Abgaben an mich. Ihr werdet kein Getreide mehr anbauen. Eure Felder sollen vertrocknen, euer Hof verfallen. Huldigt mir und ihr bleibt wenigstens am Leben!"

Sie stampfte mit dem Fuß auf und die Schatten entzogen sie den Blicken der Brüder. Dort, wo das Korn angehäuft war, sahen sie nur noch einen Haufen Sand.

„Sie ist kalt und herzlos. Ein schwarzer Stein. Sie bringt uns um den Lohn unserer Arbeit!"

Der Bach, der die Felder einst bewässerte, versiegte. Das Land vertrocknete. Es gab nur noch Stein und Sand. Und Hunger.

Da stand eines Tages plötzlich ein altes Mütterchen vor der Tür. „Habt Erbarmen. Gebt einer alten Frau etwas zu essen und einen Trank!"

Obwohl die Brüder selbst kaum noch etwas besaßen, baten sie die alte Frau herein. Ein wenig Wasser zum Waschen, aus dem letzten Fass, ein Schälchen Haferbrei aus dem letzten vorrätigen Korn und einen Becher Wein aus dem letzten Tonkrug. Still aß und trank das Mütterchen. Schweigend saßen die sieben Brüder mit ihr am Tisch. Nachdem die Alte Schüssel und Becher geleert hatte, sprach sie:

„Ich danke euch, ihr Buben. Es tut gut, mitfühlende Herzen zu erleben in dieser steinigen, vertrockneten Welt. Zum Dank dafür, dass ihr mich bewirtet habt, gebe ich euch noch einen Rat. Mit euch Sieben hat es eine besondere Bewandtnis: Die Herrin des Berges ist aus Stein. Aber sie ist nicht unbesiegbar! Sich liebende Menschen vermag sie nicht zu versteinern. Deshalb seid ihr noch am Leben. Die Kraft der Herzen ist stärker als ihr Zauber.

Ihr könnt euer Leben hier weiter fristen und euer trostloses Ende abwarten, oder ihr könnt gegen sie antreten und als Retter eures Landes die Zeiten überdauern ...“

Die Brüder überlegten nicht lange. Sie wollten kämpfen!

„Der Felsen, wo sie euch das erste mal begegnet ist, ist das Tor zu ihrem Reich. Mit vereinten Kräften müsst ihr sie dahin zwingen. Nur mit eurer Liebe könnt ihr diese Pforte verschließen. Wacht euer Gefühl für einander vor dem Eingang in ihre steinerne Welt, kann sie diese nicht mehr verlassen. Zweifelt nicht an eurer Bruderliebe! Auch nicht im Tod!“

Mit einem stillen Gruß verließ das Mütterchen die sieben Brüder.

Die zögerten nicht lange. Sie würden sehen, was zu tun sei, wenn sie der Steinernen gegenüber standen. Sie teilten sich auf. Jeder der Sieben startete von einem anderen Punkt rund um den Berg. Sie liefen in Richtung des Einganges in den Berg, lärmten, schlugen gegen die steinernen Bäume, verhöhnten die Herrin Petranichta laut.

Jedem erschien sie auf seinem Weg. Aber keinen konnte sie verderben. Das unsichtbare Band der Liebe schützte die

Brüder und zwang sie zum Rückzug. Die Sieben zogen den Kreis immer enger und schließlich umstanden sie die Pforte. Hier nun stand die steinerne Herrin und war der Liebe der Brüder ausgeliefert.

„Ich sehe, man hat euch mein Geheimnis verraten. Aber ich bin noch nicht besiegt! Ich kann euch nichts anhaben, jedoch mein einziger lebender Bundesgenosse kann es. Mavrospathis erscheine!"

Ein Brüllen ertönte und hinter der Herrin des Berges erschien ein Geschöpf der Hölle. Schwarz wie Kohle, sah es aus wie eine Kreuzung zwischen Mensch und Wolf. Auf seinen Huf beschlagenen Hinterpfoten stehend, schwang es ein schweres rostiges Schwert über dem Kopf.

Der Älteste sprach zu seinen sechs Brüdern:"Wir dürfen nicht verzagen. Wenn wir in diesem Kampf sterben müssen, dann, Brüder, soll es so sein! Das Leben hat sowieso keinen Sinn mehr für uns. Kämpfen wir! Und vergesst nicht die Worte der Alten: Zweifelt nicht an eurer Liebe, auch nicht im Tod!"

Die Brüder zogen ihre Äxte und Beile und begannen den ungleichen Kampf. Er dauerte nur kurze Zeit. Getötet durch das Schwert des Scheusals Mavrospathis sanken die Leiber der Brüder auf den steinernen Boden. Petranichta hob triumphierend die Arme über den Kopf – und erstarrte mitten in der Bewegung.

Die Körper der toten Brüder wurden zu Erde. Da, wo jeder der Sieben im Tod nieder gefallen war, öffnete sich die Erde und sieben Quellen reinsten Wassers sprudelten hervor und ergossen sich über die Felsen ins Tal. Die Bäume erwachten zum Leben. Tiere zeigten sich, auf dem Boden und in der Luft.

Petranichta stieß einen schrecklichen Schrei aus. Mit Mavrospathis flüchtete sie ins Innere ihres Berges. Sie hatte verloren! Hinter ihr schloss sich die Felsenpforte für immer!

Die Liebe der Brüder hatte ihren Tod überdauert. Noch heute sprudeln die sieben Quellen vom Berg ins Tal. So verschließen sie seit ewigen Zeiten den Eingang zu Petranichta's Steinreich. Murmelnd durch den wundervollen Wald fließend, erzählen sich die sieben Brüder noch heute von ihrem Sieg!

Petras–der Stein;
Nichta–die Nacht
Mavros – schwarz;
Spathis – das Schwert

Prinzessin Makaria

Es war einmal ein König. Sein großes weites Land war nicht nur schön, sondern machte ihn immer reicher. Seine Bauern bearbeiteten unermesslich weite Felder. So groß, dass ihr Ende gar nicht zu sehen war. Kuh-und Schafherden zogen durch saftige Täler. Seine Fischer kamen schon am Mittag mit übervollen Netzen vom Fang zurück.

Seine größte Freude war jedoch seine Tochter Makaria. Frisch wie der Morgen, schön wie die Sonne, wuchs sie zu einer wunderschönen Frau heran. Ihr langes sonnengelbes Haar floss über ihre Schultern bis zu den Füßen – es wurde nie geschnitten.

Das Volk liebte die sanftmütige Prinzessin, die immer fröhlich war und gerne sang. Zu ihrem zwanzigsten Geburtstag nun gab der König ein großes großes Fest. Er lud die Edlen seines Landes dazu ein und das Volk feierte in den Dörfern und Städten.

Es begab sich zu dieser Zeit, dass ein König aus einem fernen Königreich und sein Sohn mit ihren Schiffen an den Ufern des Reiches unseres Königs landeten. Gastfreundlich wurden sie aufgenommen und eine Eskorte geleitete sie zum Schloss in dem Moment, als die Prinzessin auf der langen Treppe erschien. König und Prinz stimmten in die Hochrufe mit ein. Und da verliebte sich der Prinz in die Prinzessin mit dem goldenen Haar.

Die Feierlichkeiten dauerten drei Tage und drei Nächte. Am Ende bat der Vater des Prinzen Callimorphos den Vater der Prinzessin Makaria um eine Unterredung. Hier nun sah auch die Prinzessin den schlanken hübschen Prinzen mit dem braunen lockigen Haar zum ersten Mal.

Ihr Herz schlug schneller, die Augen glänzten und strahlten

ihn an. Ihr Herz hatte die Botschaft des seinen erhalten und antwortete mit einem „Ja".

Der Vater der Prinzessin hatte die Blicke der beiden Liebenden wohl gesehen. Plötzlich fühlte er Missgunst und Angst in seinem Herzen. Wenn Callimorphos seine Tochter Makaria heiratete, würde er sie mit sich nehmen auf sein Schloss, in sein Land, und er, der König, würde einsam zurück bleiben.

Freundlich sprach er dennoch mit dem König und dem Prinzen. Die Hochzeit würde übers Jahr stattfinden, hier im schönen reichen Land der Prinzessin. Callimorphos und Makaria nahmen sich bei den Händen und schworen sich schon jetzt die ewige Treue. Dann bestiegen König und Prinz wieder ihre Schiffe und fuhren in die Heimat zurück.

Ein Jahr lang rüsteten sich die beiden Königreiche für ein Fest, das einmalig werden sollte. Brieftauben flogen zwischen den Liebenden hin und her und brachten die Grüße des Prinzen zur Prinzessin, die Küsse der Prinzessin zum Prinzen. Trotz der Entfernung wuchs die Liebe der beiden jeden Tag.

Der König sah mit Ärger, wie sich seine Tochter immer weiter von ihm entfernte. Unterhielten sie sich, kam sie bald auf den Prinzen, ihre Liebe und das bevorstehende Hochzeitsfest zu sprechen.

Der König bereute es längst, dieser Verbindung zugestimmt zu haben. So fasste er eines Tages einen bösen Plan. Er schickte nach der Hexe Kakowula. Von allen vergessen, lebte sie im Wald unterhalb des prächtigen Schlosses. Klein und krumm, in langen schmutzigen Kleidern, so erschien sie vor dem König.

„Ich kann dir helfen, guter Mann. Dafür verlange ich jeden Tag ein frisch gebratenes Hühnchen und eine Flasche deines besten Weines."

Der König stimmte zu und die Alte verließ das Schloss.

Nun hatte aber die Lieblingszofe der Prinzessin alles mit

angehört. Die Prinzessin hatte sie nämlich mit einer Bitte zu ihrem Vater gesandt und die Zofe, die Stimmen im Gemach des Königs und den Namen des Prinzen vernommen hatte, war erschrocken vor der Tür stehen geblieben und hatte gelauscht.

„Oh, Prinzessin Makaria! Etwas Schreckliches wird geschehen. Die Waldhexe Kakowula war bei unserem König, und eine schwere Krankheit soll über Callimorphos kommen, an der er noch vor der Hochzeit sterben wird."

Unfassbar waren die Worte der Zofe für die Prinzessin. Ihr Vater missgönnte ihr also das Glück an der Seite des Prinzen? Sie legte einen dunklen Umhang um, verhüllte ihr goldenes Haar mit einem dichten Schleier und eilte in den Wald.

Die Hexe saß vor ihrer ärmlichen Hütte.

„Blume der Schönheit! Was kann ich für dich tun?"

Weinend bat die Prinzessin die Hexe, ihren Prinzen zu verschonen.

„Es ist zu spät, mein Engel. Der Zauber ist schon gesprochen!" Böse lächelte die alte Frau.

„Gibt es nichts, was ich für ihn tun kann?", fragte Makaria verzweifelt.

Es waren nicht die Tränen der Schönen, die die alte Hexe rührten, sondern das neue Geschäft, das sie witterte.

„Nun ja, Ich könnte den Zauber zwar nicht aufheben, aber abschwächen. So würde der Prinz nicht sterben. Aber dafür musst du mir etwas geben, was du liebst."

„Was wollt ihr denn haben?"

Die Hexe streckte ihre alte runzlige Hand nach der Prinzessin aus und schob den Schleier zurück. Sie griff gierig in das lange glänzende Haar.

„Das ist es! Das will ich haben!"

Die Prinzessin liebte ihr langes, glänzendes, goldenes Haar, aber noch mehr liebte sie den Prinzen und daher sagte sie:

"So sei es!"

Die Hexe nahm ihr das Haar.

Verhüllt lief die Prinzessin ins Schloss zurück. Schon bald brachte eine Brieftaube die Nachricht von der schweren Krankheit des geliebten Prinzen. Der König frohlockte heimlich. Die Prinzessin saß Tag für Tag mit verhülltem Haupt am Fenster und wartete sehnsüchtig. Nach langer Zeit landete endlich wieder eine Taube auf ihrem Fenstersims. Der Prinz gab Nachricht von seiner Genesung.

Wütend eilte der König selbst in den Wald.

„Dein Zauber war zu schwach, alte Hexe! Der Prinz lebt und seine Schiffe sind hierher unterwegs. Tu etwas! Beschwöre einen Sturm, lass alle Schiffe untergehen und den Prinzen ertrinken!"

Diesmal verlangte die Hexe als Lohn Gold und Edelsteine. Und auch diesmal stimmte der König zu.

Die Zofe kannte als einzige das Geheimnis der Prinzessin. Darum ließ sie den König nicht aus den Augen. So sah sie ihn auch zum Wald laufen. Sie folgte ihm und belauschte wieder das Gespräch zwischen der Hexe Kakowula und dem König.

„Dein Vater, der König, hat Zorn im Herzen. Er will den Prinzen unbedingt verderben. Die Hexe soll einen Sturm beschwören und dein Geliebter ertrinken."

Mit großer Angst im Herzen lief die Prinzessin zur Hütte der Hexe.

„Nun, meine Blüte. Was soll ich heute für dich tun? Du weißt, dass er ertrinken wird im salzigen Meer, das zwischen seinem und deinem Königreich liegt."

Die Prinzessin nickte unter Tränen.

„Auch heute ist der Zauber schon gesprochen. Ich kann ihn nur abschwächen."

Die Hexe rieb sich vergnügt die Hände. Das war ein gutes

Geschäft, diese Händel mit dem König und seiner Tochter.

„Er darf nicht sterben. Seine Liebe ist so sanft und zart. Der Wind kann sie zu mir über das Meer tragen. Was muss ich dir geben, damit er am Leben bleibt?"

Angstvoll sah Makaria die Hexe an. Was konnte sie ihr noch geben, wo die arglistige Frau doch schon ihr schönes Haar besaß?

„Dein Lachen ist so hell und glockenrein. Dein Gesang erfüllt die Welt mit Freude. Dein Geplauder schallt fröhlich herüber, den ganzen Tag. Deine Stimme! Ich nehme deine Stimme dafür!"

Grässlich lachend nahm die alte Hexe die Stimme und erfüllte auch diesmal den Wunsch der Prinzessin. Diese entfloh in die Arme ihrer Zofe.

Nicht lange danach erhielt der König Kunde vom Vater des Prinzen. Ein Sturm hatte die Hochzeitsflotte überrascht und vollkommen aufgerieben. Alle Schiffe waren zerstört. Merkwürdig daran war nur, dass kein einziger toter Mann gefunden worden war. Die Prinzessin wartete und hoffte, hoffte und wartete.

Eines Morgens, sie saß am Fenster ihres Zimmers und blickte hinaus auf die Felder und das Meer, da landete ein kleiner Schmetterling auf ihrer Hand. Schön sah er aus. Seine Flügel waren so braun wie das Haar des Prinzen. Sie wusste es, noch bevor sie die Stimme vernahm, die nun plötzlich zu ihr sprach: „Ach, meine Geliebte. Ein böses Schicksal hat mich ereilt. Und ich kann es dir nicht berichten, denn jetzt bin ich ein kleiner Schmetterling. Nie werde ich dich als meine Frau in den Armen halten."

Tränen liefen der Prinzessin über das Gesicht. Sie hob ihre Hand und entfernte den Schleier von ihrem kahlen Haupt. Sie formulierte in Gedanken, was sie Callimorphos hätte sagen wollen und siehe da, die Liebe zwischen ihnen fand einen Weg, einander zu verstehen. Sie erzählte ihm die ganze traurige Geschichte und beide versicherten sich gegenseitig ihrer ewigen Liebe und Treue.

Prinzessin Makaria wollte nicht länger im Schloss leben, bei ihrem hartherzigen, egoistischen Vater, der ihr Glück zerstört hatte.

Sie lief fort, tief in den Wald hinein. Der König aber entdeckte ihre Flucht. Seine Wut war grenzenlos. Er stellte die Hexe zur Rede und die erzählte voller Rachsucht, wie die Prinzessin die ausgesprochenen Zauber abgeschwächt hatte. Nur über die Bezahlung der Prinzessin schwieg sie sich natürlich aus. Sie hatte das lange blonde Haar, das sie nun trug, mit einem dunklen Stofffetzen verhüllt und sprach extra mit tief verstellter Stimme, damit der König nicht die seines Kindes darin erkannte.

Der König schrie, tobte, schlug gegen die Bäume. Seine Tochter hatte ihn hintergangen. Die Liebe zu seinem Kind erstarb in ihm und übrig blieb nur Hass.

„Callimorphos lebt also? Wenn auch noch als erbärmliches Wesen ohne Stimme? Dann soll er zusehen, wie seine Prinzessin stirbt! Wenn Makaria nicht bei mir leben will, dann soll sie keiner haben. So ein undankbares Geschöpf!"

Die Hexe sprach einen Zauber und erhielt diesmal vom König ein prächtiges Haus an Stelle ihrer windschiefen Kate.

Doch auch diesmal war die Zofe in der Nähe. Bald erschien die Prinzessin bei der Alten und hielt einen Zettel in der Hand:

„Es ist wahr, dass mein Leben nichts mehr wert ist. Aber mein Geliebter lebt. So haben wir wenigstens den Trost, bei einander zu sein. Nimm mir, was du willst, aber töte mich nicht. Mein Herz ist ohnehin schwer wie ein Stein. Nur unsere Gedanken können sich vereinen."

Die krumme Alte war am Ziel ihrer Wünsche.
Ich werde dir auch dieses letzte Mal helfen. Aber du gibst mir dafür deinen wohl gestalteten Körper. Er nützt dir sowieso nichts mehr. Törichtes Ding! Für ein dummes, hilfloses Gefühl gibst du dein reiches Leben, deine Schönheit auf?! Doch das ist deine Entscheidung!"

Weinend ging Makaria in ihr Tal zurück. Weinend betrachtete sie ihren Schmetterlingsprinzen.

„Mein Vater wollte mich für sich. Aber ich liebe dich und werde dich immer lieben. Und ich werde dich immer beschützen. Unsere Liebe wird meinen Vater und alles Böse auf dieser Welt überdauern."

Noch während sie diese Gedanken formulierte, fühlte sie den Verlust ihrer lieblichen Gestalt. Sie wuchs und wuchs und war zu einem übergroßen Felsengebilde geworden. Nur ihre Tränen flossen noch weiter und wurden zu einem Bach, der sich an ihrem steinernen Körper hinab ergoss. Der Gipfel des Felsengebildes blieb kahl, wie ihr der Haarpracht beraubtes Haupt es gewesen war. Gleichsam aus ihrem Inneren erwuchsen, wie die Kraft ihrer Gefühle, starke Bäume als Unterkunft für ihren geliebten Callimorphos. Ihre Gedanken blieben frei.

Den König plagte indessen sein Gewissen. Ja, er wollte seine Tochter für sich, aber seinen Wunsch, in namenloser Wut ausgesprochen, wollte er zurück nehmen. So eilte er zum Haus der Hexe. Dort sah er auf der Terrasse seine Tochter, wie sie gerade funkelnde Edelsteine betrachtete und durch ihre schlanken Finger gleiten ließ.

„Meine Tochter!", rief der König.

Die junge Frau wandte den Kopf und der König erkannte das hässliche Gesicht der Hexe.

„Nun, wie gefalle ich dir, mein König? Sehe ich nicht aus wie deine Tochter mit ihrer lieblichen Gestalt und ihrem goldenen Haar? Ist nicht ihre Stimme noch immer rein und klar?"

Bitterlich weinend erkannte der König, wie groß die Liebe seiner Tochter Makaria zu ihrem Callimorphos, ihrem Prinzen, gewesen sein musste. Welch einen Fehler hatte er begangen!

Er ließ die Hexe töten und ihr Haus zerstören. Bevor sie starb, erzählte ihm die Alte von der Verwandlung seiner Tochter.

Der König ritt in das Tal. Es war der Tag der Hochzeit!

Am Eingang des Tales überfielen ihn Tausende von Schmetterlingen. Er konnte nichts mehr sehen. Es war kein Vorwärtskommen möglich. Der Weg zu seiner Tochter blieb ihm versperrt.

Voller Gram und Bitterkeit verbrachte der König den Rest seiner einsamen Tage.

Aber das Tal gibt es noch heute.

Die Felsen sind stark und unbezwingbar.

Der Tränenbach fließt ewig fort.

Und jedes Jahr im Sommer, zur Zeit der Hochzeitsfeierlichkeiten, sind Tausende von Schmetterlingen zu Gast im Tal.

In der Hochzeitsnacht erhalten wohl der Prinz und die Prinzessin für eine kurze Zeit ihre natürliche Gestalt und halten sich wie damals glücklich an den Händen.

Ich war dort. Ich habe die Felsen, den Bach und die Schmetterlinge oft gesehen. Aber noch nie sah ich den Prinzen Callimorphos und die Prinzessin Makaria.

Makaria: die Glückselige
Callimorphos: der Gutaussehende
Kakowula: die Böswillige

DAS TOURISTEN – ABC

Einstimmung

Sommer, Sonne, Urlaub!!
Griechenland – Rhodos!
Größte der zwölf Inseln des Dodekanes, aufgestiegen aus den Wassern der Ägäis auf Wunsch des Sonnengottes Helios!
Rhodos- Stadt. Mandraki-Hafen.
Der Mandraki- Hafen ist der ehemalige Kriegshafen des antiken Rhodos. Die historische Einfahrt soll einmal der Koloss von Rhodos bewacht haben, was heute laut archäologischer Beweise nur eine Legende ist.
Ein Spaziergang die Mole entlang führt an drei alten Windmühlen vorüber. Das Ende der Mole bildet die Festung Aijos Nikolaos, von den Kreuzrittern im 15 Jahrhundert gegen türkische Angriffe erbaut.
Gegenüber der Mole befindet sich auf der anderen Seite des Hafenbeckens die Uferstraße mit dem zentralen Agora-gebäude. (Agora: der Markt) Hier ankern die unterschiedlichsten Boote, bereit für diverse Tagesausflüge und Urlauber.
Zwischen all diesen großen und kleinen Segelbooten und Motorjachten finden Sie die „Pirat". Die „Pirat ist noch ein ursprüngliches, ganz aus Holz bestehendes Schiff. Sie ist ein Zweimaster, etwa zwanzig Meter lang und bietet Platz für fünfzig Personen. Das Vorderdeck ist eine bequeme „Liegewiese". Vom Heck aus führen drei Stufen auf das Oberdeck mit dem Ruderstand. Der aufmerksame Leser hat sicherlich bereits „Mein Sommerhaus" wieder erkannt.
Zur Crew der „Pirat" gehören der Kapitän Theodorus, der Sailor Dimitris, ebenfalls mit einem Kapitänspatent, und ich. Hauptsächlich verkaufe ich Tickets, bin aber auch für das Wohl der Urlauber an Bord zuständig. Nebenbei erledige ich noch

diverse andere Dinge wie das Anker werfen oder einholen.

Jeden Tag zwischen Mitte April und Anfang Oktober begrüßen wir Urlauber bei uns an Bord. Da ist es auch nicht schwer, Geschichten zu erzählen von und über diese Tage, Ereignisse und Personen. Nett, amüsant, unterhaltsam. Vielleicht werfen sie ein etwas kritisches Licht auf den Touristen. Vielleicht regen sie ein wenig zum Nachdenken an.

Aber die hier vorgebrachten Geschichten sollen auf keinen Fall zu Ernst genommen werden. Genießen Sie sie. Ein wenig Wehmut über vergangene, oder Vorfreude auf kommende Urlaubstage, das ist erlaubt und beabsichtigt ...

A - Alles ist erlaubt

Erster Abend: Ein älterer, geschmackvoll gekleideter Herr in den Sechzigern geht am Mandraki spazieren. Mehrmals schlendert er die Reihe der Ausflugsboote entlang. Dann betritt er die „Pirat". Er läuft herum und sieht sich alles genauestens an. Es fällt, außer meiner Begrüßung, kein Wort. Nach zehn Minuten bin ich wieder allein.

Zweiter Abend: Der eigentlich doch recht nett aussehende Mann betritt unser Boot erneut, zu einer zweiten Inspektion. Diesmal verweilt er längere Zeit auf dem Oberdeck und genießt den Blick über den Hafen zu den Windmühlen und dem alten Kastell. Wieder spricht er kein Wort.

Dritter Abend: Ich bin schon nicht mehr überrascht, ihn wieder zu sehen. Heute begutachtet er das Innere des Schiffes, Kabinen, Toiletten und die Bar. Vor dem Maschinenraum kann ich ihn stoppen. Ich bitte ihn, das Boot zu verlassen. Er steigt mit mir an Deck, wortlos. Er verbringt weitere Minuten am Heck mit Blick auf die Uferstraße. Lautlos. Still. Und ebenso still geht er dann auch.

Vierter Abend: Theo und ich warten gemeinsam auf meinen seltsamen Gast. Er betritt das Boot in gleicher Manier. Er scheint uns zwei an Bord nicht zu sehen, auch wie gehabt. Nur ist er heute nicht allein. Seine Gattin, so vermute ich, wartet jedoch vor der Gangway. Mehrmals sprechen wir ihn wechselseitig an, auch in unterschiedlichen Sprachen. Nicht jeder muss schließlich Englisch sprechen können.

Keine Reaktion!

Theo tritt ihm in den Weg, hält ihn mit einer Handbewegung auf. Weiter unten wird Frauchen nervös. Theo erklärt dem Mann, dass dieses Schiff, genau wie ein Haus, Privatgrund und als das zu respektieren ist. Als mein eigenwilliger Besucher am

Kapitän vorbei drängt, waren da gerade murmelnde Worte gefallen, oder irre ich mich? Der Kapitän lässt sich nicht abdrängen. Er fasst den Herrn bei den Armen, dreht ihn mit dem Gesicht zum Land und schiebt ihn vor sich her, die schmale Gangway hinunter. Mit aller Vorsicht, als wäre der Fremde aus Glas. Es soll ja auch niemand ins Wasser fallen.

Am Fuß des Steges schüttelt der Herr unwillig Theo's Hände ab. Wir dürfen fast ein Wunder erleben, denn – er kann sprechen!

„Sie haben kein Recht, mich so zu behandeln und mich von Bord zu drängen! Das ist eine Unverschämtheit! Ich bin Tourist! Ich darf alles!"

B - Bequemlichkeit

Auf dem Vordeck, mit einer Fläche von etwa zwölf Quadratmetern, liegen zwölf große und vier kleinere Matratzen. Diese, für mein Dafürhalten, sehr schön arrangierte Liegewiese, erhebt sich etwa dreißig Zentimeter über das eigentliche Decksniveau. Die Sonnenhungrigen liegen auf dem Dach der Kajüten, das von der Mitte her ganz leicht abfällt. Die Matratzen sind nicht bis zum Rand des Daches angeordnet. Die durch die Wellen verursachte Bewegung des Bootes lässt ein Schläfchen an genau dieser Stelle ein wenig verkrampft ausfallen. Das ist zumindest die Meinung der Crew. Eine englische Touristin sah das allerdings anders.

Sie gehörte zu einer Zwölfergruppe, die uns für einen Tag gechartert hatte. Die, nur sechs Damen fühlten sich sofort heimatberechtigt auf dem Sonnendach. Die Gnädigste bevorzugte doch tatsächlich den äußersten rechten Rand der Liegefläche und ordnete dafür die Matratzen neu. Ich bat sie, den Urzustand wieder herzustellen, da die Polster auch durch dünne Seile gegen den Wind gesichert waren. Sie reagierte darauf wie die feinfühlige Zeus-Gattin Hera mit leisem Donnergrollen: „Dann brauche ich noch eine Matratze!"

„My Love! Sie sind nur sechs Damen. An anderen Tagen fahren auf diesem Boot zwischen vierzig und fünfzig Urlauber und etwa die Hälfte der Gesellschaft sonnt sich genüsslich hier vorn. In all den Jahren benötigte kein einziger eine zusätzliche Matratze!"

C - Cleaning

Kalithea ist nicht nur ein schöner Halt wegen des wirklich tollen Blicks auf die Therme und die Bucht. (Kali Thea = schöner Blick)

Kalithea ist der Spielplatz der Taucher. Auch von unserem Boot aus kann man die unter dem Kiel vorbei ziehenden Gruppen verfolgen. Weiter entfernt weisen die aufsteigenden Luftblasen den Weg, den die Sport Begeisterten und Hobbytaucher nehmen.

Die Gäste am Heck wurden nervös.

„Fräulein, da schwimmt ständig einer unter dem Boot durch!"

„Hey, der macht da irgend was!"

„Der murkst an der Schraube rum, oder?"

Theo und ich grinsten uns an. Die Diskussion an Bord ging weiter, bis einer sagte:

„Ich geh jetzt runter und guck mir das an."

Zwei, drei Verwegene folgten dem Sprecher. Ein anderer beugte sich zu uns in die Kajüte:

„Wissen Sie, dass da einer an ihrem Boot rum bastelt?"

Theo kam nicht zu einer Antwort. Von unten wurde ein Ruf herauf getragen:

„Skipper, he Skipper! Was ist hier los? Ist das Boot kaputt? Wann geht es denn weiter?"

Amüsiert stieg Theo an Deck.

„So bald der Herr da unten seine Arbeit beendet hat, fahren wir weiter. Es ist alles in Ordnung! Er befreit die Schraubenflügel von Algenbewuchs. Ab und zu ist so eine Reinigung notwendig."

Ich hatte an der Reling gelehnt, als Giorgos plötzlich vor mir auftauchte und grüßte. Lachend grüßte ich zurück.

Giorgos ist Tauchlehrer. Immer freundlich, manchmal

108

sarkastisch, akribisch in seinem zum Beruf gemachten Hobby, sehr belesen und deshalb einer meiner Lieblingsgesprächspartner. Er verabschiedete sich und verschwand wieder nach unten in seine Welt.

„Wie hast du ihn dazu bekommen, unsere Schiffsschraube zu polieren?"

Theodorus lachte verschmitzt.

„Was ist Giorgos' zweite Leidenschaft nach dem Tauchen?"

Prustend sah ich ihn an.

„Dann pass nur auf, dass die Rechnung nicht zu hoch wird. Giorgos kann eine Menge verdrücken und ist nur schwer satt zu bekommen!"

D - Deutsch oder Griechisch

Meine Nachmittage an Deck der „Pirat" sind nie langweilig oder eintönig. Der Hafen bietet Unterhaltung in ständig wechselnder Form und Farbe. Immer neue Urlauber, einzeln oder in Gruppen, lustwandeln über die Hafenmeile, bestaunen die Hafenanlage und die Boote, machen Fotos davon oder Familienaufnahmen.

Oftmals werde ich auch um Auskünfte gebeten: Bestimmte Straßen, Restaurants mit original griechischer Küche, Einkaufsmöglichkeiten, Fährverbindungen und vieles mehr.

Viele der Weltenbummler sprechen außer der eigenen noch eine Zweitsprache. Meist ist es Englisch, einige sogar Griechisch. Es gibt aber unter den Menschenkindern leider auch solche, die ich nicht zu den Fleißigen rechnen kann. Dazu zähle ich Italiener, Franzosen, Belgier und Deutsche jeden Alters. Natürlich gibt es überall die oft zitierten Ausnahmen, die die Regel bestätigen. Engländer haben den Vorteil, ohnehin schon Englisch zu sprechen, beispielsweise.

Theo arbeitet an Deck, ich sitze im Hintergrund. Ein deutsches Ehepaar, unzweideutig an der Otto-Kleidung des diesjährigen Sommers auszumachen, kommt über die Gangway an Bord.

„Guten Tag. Wir suchen das Restaurant 'Sophokles' in der Altstadt. Wie kommen wir da hin?"

Sie hatten sich mit der Frage an Theo gewandt. Der sieht das Paar an, lächelt und wendet sich wieder den Tauen zu. Die Eheleute unternehmen einen zweiten Versuch:

„Sagen Sie, das Restaurant 'Sophokles', wo ist das?"

Theo schüttelt den Kopf und sagt auf griechisch, er verstünde leider nichts. Aber das verstehen die Deutschen nicht. Sie werden ungeduldig.

„Kann ich Ihnen vielleicht helfen?"

Meine so formulierte Frage zwingt die Besucher zu einer nochmaligen Wiederholung ihrer Frage, was dann für meine Begriffe etwas von oben herab geschieht. Nach meiner Erklärung und ihrem Dankeschön fragt die Dame mich doch nach dem, was sie sichtlich so beschäftigt:

„Sagen Sie, warum spricht denn der Herr kein Deutsch?"

Meine Antwort war wohl nicht in ihrem Sinne, denn die beiden Rat suchenden verlassen darauf hin wortlos das Boot. Man antwortet aber auch nicht mit einer Gegenfrage, die da lautet:

„Warum sprechen Sie denn kein Griechisch?"

E - Erlaubnis zum Entern

An manchen Tagen ist die Luft über Rhodos angefüllt mit Übermut. Treffen sich dann noch zwei Ausflugsschiffe und fahren ein Stück gemeinsam die Küste von Rhodos entlang, kann keiner voraussehen, was alles möglich ist.

Pythagoras ist ein sehr guter Freund meines Kapitäns. Sein Schiff, die „Windsbraut", ist ein Einmaster mit einer tollen Gallionsfigur – eben dieser Dame.

Die „Windsbraut" näherte sich rasch von Südwesten. Unter vollen Segeln schoss sie heran und beide Boote liefen dann parallel. Die meisten unserer Gäste lagen müßig auf dem Sonnendeck und betrachteten nun den wunderschönen schnittigen Nachbarn. Pythagoras schien nur wenige Urlauber an Bord zu haben.

Plötzlich brach es über uns herein!

Klatschend barsten Wasserbomben an den Fensterscheiben, auf Deck, am Mast, an sonnenheißer Haut. Kreischende und nasse Passagiere der „Pirat" suchten Schutz auf der der „Windsbraut" abgekehrten Bootsseite. Schreiende, lachende Übeltäter tanzten ihren Siegestanz auf dem Deck der „Windsbraut". Nackt und bloß, ohne Verteidigungsmöglichkeiten, mussten wir uns geschlagen geben. Symbolisch enterte Kapitän Pythagoras die „Pirat". Die „Windsbraut" setzte sich genau vor uns. Der Steuermann ließ die Gangway des voraus fahrenden Schiffes herunter, so dass sie optisch parallel zur Wasseroberfläche zu liegen kam. Allerdings schwang sie durch das hohe Heck der „Windsbraut" circa zwei Meter über unserem Bug. In einem gewagten Balanceakt lief Pythagoras über den Steg. Er wagte den Sprung, schwebte Sekunden lang in der Luft zwischen seinem und unserem Boot. Dann sein freier Fall nach unten – ein

Gemeinschaftsschrei aller Personen an Bord der zwei Schiffe – und selbstsicher griff er nach der Bugreling der „Pirat". Er schwang sich elegant darüber. Unter dem Jubel von Siegern und Besiegten erkletterte er frontal das Oberdeck und legte die Hand an unser Steuerrad.

Gemeinsam ankerten wir in der Quinn-Bucht. Den Rückweg zu seinem Schiff wählte der Held der Schlacht recht simpel: Er schwamm zurück zu seiner geliebten „Windsbraut".

F - Fotofieber

Es war ein schöner Spätsommernachmittag.

Geruhsam saß ich auf meinem Stammplatz am Heck der „Pirat", las mein Buch und liebäugelte mit unternehmungslustigen Urlaubern mit Fragen und Wünschen für unser Boot.

Ein adrett gekleideter Herr (unter Feriengästen ein kleines Wunder an Geschmack) stand schon einige Minuten am Fuß der Gangway und betrachtete seine Umgebung ganz genau. Er lief nach links und rechts und suchte das passende Motiv für sein nächstes Superfoto. Aber so recht zufrieden wirkte er nicht.

Nach sichtlichem Zögern, das allerdings weder mir noch dem Boot galt, betrat er die Gangway, schritt zügig über das Hinterdeck, nahm mit Schwung die drei Stufen zum Oberdeck, lief nach vorn und stieg – mit seinen Schuhen an den Füßen - auf die eben von mir gereinigten Sitzpolster der rückwärtigen Bank. Er trippelte auf der Matratze noch ein paar Mal hin und her, bevor er wohl passend für seine Aufnahme stand. Seine staubigen Schuhabdrücke verteilten sich sehr schön gleichmäßig über die gesamte Lederoberfläche.

Ich stellte mich schräg hinter ihn, natürlich nicht auf meine Matratzen.

„Kann ich Ihnen helfen?"

„Nein, danke. Ich mache nur ein Foto von den Windmühlen."

„Ich hätte da nur vorab eine Frage an Sie!"

Er wendete den Kopf zu mir und sah auf mich herab.

„Ja?"

„Was würden Sie sagen, wenn es bei Ihnen an der Haustür klingelt. Sie öffnen. Vor Ihnen steht eine Ihnen unbekannte Person. Sie tritt an Ihnen vorbei, geht durch Ihren Flur, vielleicht auch noch durch die Wohnstube, direkt in die Küche, öffnet den Kühlschrank und bedient sich daraus. Ohne ein Wort verlässt sie Ihre Wohnung wieder. Wie würden Sie sich dann fühlen?"

Doch etwas beschämt verließ der so korrekt wirkende Herr das Schiff – ohne sein Windmühlenfoto.

G - Gedankenspiel

Uns stand ein sehr heißer Tag bevor. Kein Windhauch umschmeichelte unsere brennende Haut. Schattenplätze, obwohl nicht wenig kühler, wurden heiß begehrt und brennend gesucht.

An manchen Tagen ist es einfach so, dass mir ein bestimmtes Gesicht auffällt und dann beobachte ich diesen Menschen bewusster als die anderen Gäste an Bord unserer Jacht. Heute war es ein junges Mädchen, das ständig mein Blickfeld kreuzte. Sie war nicht allein. Ihr Freund war lieb um sie bemüht, wenn er nicht gerade den Aufenthalt im etwas frischeren Wasser des Mittelmeeres dem Saharaklima an Deck vorzog.

Deshalb war es mir auch sehr unverständlich, dass die junge Frau so standhaft das Bad verweigerte. Es war nicht so, dass sie nicht wollte. Oh nein! Sie kletterte die Leiter mehrmals hinab, tauchte wohl auch einmal die Zehenspitzen in das salzige Nass, war jedoch auch ebenso schnell wieder oben auf dem Trockenen. Ihr doch recht eigentümliches Verhalten weckte meine Neugierde. Als sie nach dem Mittagessen ein Getränk bei mir an der Bar bestellte, musste ich es endlich wissen!

Sie wurde sogar ein bisschen verlegen, was sie sehr sympathisch machte, gab mir dann aber eine Antwort auf meine Frage.

„Da spielt sich etwas in meinem Kopf ab und das kann ich leider nicht ausblenden. Jedes Mal, wenn ich ins Wasser gehen will, blitzt die Idee durch meinen Kopf, dass da Haifische auf mich lauern. Diese Idee erzeugt Angst. Die Angst wird zur Panik und vorbei ist es mit dem Schwimmen. Dabei habe ich noch nie einen Hai gesehen!"

H - Honeymoon

Die „Pirat" glitt dem Sonnenuntergang entgegen. Ein warmer Augustabend kam langsam daher. Das Blau des Meeres verdunkelte sich. Die weiße Gischt der Bugwelle leuchtete wie eine flackernde Laterne. Im beginnenden Zwielicht war die Küste kaum noch zu erkennen. Nur die vielen, zu uns herüber scheinenden Lichtpunkte, kündeten von der Existenz der Insel. Der magische Charme dieser überwältigenden Naturkomposition bannte selbst die Zeit. Eine stille, ruhige Sommernacht legte sich über die Insel, das Meer, das einsame Schiff und die Menschen an Bord.

Unter dem Hauptmast schaukelte eine Hängematte. Von Zeit zu Zeit huschten Schatten über das Deck. Leise, zärtliche Stimmen raunten mit den Wellen. Ab und zu war ein unterdrücktes Lachen zu hören, klangen Gläser.

Elf frisch vermählte libanesische Ehepaare genossen verhalten die ihnen von der Natur dargebotene Liebeskulisse. Der weiße Mond sandte nun sein fahles Licht den träumenden Herzen entgegen.

I - Ignoranz

Eine Familie an Bord: Vater, Mutter und zwei kecke Jungs, im Alter von zehn und zwölf Jahren.

Kinder lieben Geschichten von Piraten und gehen gern auf Kaperfahrt. Die „Pirat" ist der geeignete Hintergrund – oder besser Untergrund – für eine derartige Abenteuerreise. Die zwei Jungpiraten stürmten über die Decks und lieferten sich harte Gefechte. Als sie begannen, die anderen Mitreisenden als Statisten und Hindernisse in ihre Kämpfe mit zu integrieren, trat ich ihnen als ihr Schiffssmutje entgegen. Durch die spielerische Androhung meiner Arbeitsverweigerung für sie – Seeluft macht sooo hungrig und Piraten ganz besonders – konnte ich sie ein wenig bremsen. Danach verlegten sie ihren Kampfplatz in die Kajüten und den Barbereich. Besonders gern zwängten sie sich durch die schmalen Fenster zum Vordeck.

Ich bat den Vater, bei allem Verständnis für die Spiele der beiden, auf die Außenhülle unseres Arbeitsplatzes doch mehr Rücksicht zu nehmen und auf die Kinder etwas einzuwirken. Seine Antwort fiel sehr kurz und gewissermaßen ignorant aus: „Es ist doch nur ein Boot ..."

J - Junge Alte

Es war ein zäher Tag.

Das Boot war voller junger Leute, nur einige wenige ältere Paare waren dabei. Müßig lagen die meisten in der Sonne. Der eine oder andere vertiefte sich mit seinem Fernglas in die vorbei ziehenden Buchten. Die Untätigkeit wurde auch kaum durch die Stopps unterbrochen. Nur vereinzelt erfrischten sich Gäste mit einem Bad.

Theo plauderte mit einem Pärchen. Dabei filmte Er die Küste und Sie hatte Fragen zu allem, was zu sehen war. Später kam sie zu mir.

„Der Kapitän sagte, ich bekomme bei Ihnen Brille und Schnorchel? Ich habe das noch nie gemacht, heute probiere ich es aus. Der Kapitän erzählte nämlich von einer hier am Strand entspringenden Quelle."

Ich zeigte ihr die Handhabung der Schnorchelausrüstung. Mutig schnorchelte sie los. Die Kameralinse ließ sie keine Sekunde aus dem Auge. Begeistert berichtete sie dann von der gefundenen Quelle, dem so kalten Wasser, das da sprudelte und den vielen kleinen Fischen.

Bereits auf dem Weg nach Faliraki fragte sie nach den Besonderheiten des nächsten Halts. Während die restlichen Passagiere immer müder zu werden schienen, liefen unsere Gesprächspartner zur wirklichen Hochform auf.

Die erste Banane zischte an der „Pirat" vorbei.

„Oh, das möchte ich auch gerne machen, ja?"

Die Ringe erregten ihre Aufmerksamkeit.

„Was ist das?"

„Das sind Gummiringe. Sie setzen sich hinein und das Schnellboot zieht Sie über das Wasser. Dafür ist ein wenig Kraft notwendig und Geschick. Der Bootsführer setzt alles daran, die Ringe zu kippen. Unsere kleine Madame hier kriege ich da nicht hinein", er stupste mich in die Seite.

„Sie ist ein Angsthase."

„Klingt interessant. Mache ich auch."

„Sieh doch, Natascha, ein Fallschirm!"

„Oh, Viktor, ist das aufregend!"

Und zu Theo gewandt fragte sie: „Muss man dafür an Land gehen?"

„Nein. Das passiert alles auf dem Wasser. Ich rufe das Boot über Funk und die holen Sie hier ab."

„Wie lange halten wir hier, Kapitän? Wie lange habe ich Zeit?"

Und nun überraschte mich Theo mit seiner Antwort. Er legte für diesen Moment seinen Fahrplan in eine imaginäre Schublade, richtete sich dieses eine Mal nicht nach der Uhr und der Mehrheit der Gäste.

„Den anderen an Bord können wir heute sowieso nichts Recht machen. Probieren Sie, was immer sie mögen, das Schiff wartet auf Sie."

Ringe, Banane und Fallschirmflug, Natascha verzichtete auf nichts. Viktor begleitete sie, saß in den Booten und filmte seine Frau.

Keiner würde uns glauben, würden wir das Alter der beiden verraten. Das älteste Paar an Bord und zugleich das lebhafteste und aktivste Paar. Beide waren weit über Siebzig, wie sie Theo beim Plausch später lächelnd verrieten.

K - Katze im Sack

Ein Bilderbuchblauhimmeljulimorgen!
Langsam füllt sich das Deck. Ein verträumtes Pärchen folgt auf eine gut gestellte, aber unzufriedene Dame. Dann kommt ein junger Familienvater mit Frau und Tochter über die Gangway. Er hält mir sein Ticket entgegen.
Ich habe gestern Abend noch schnell diese Ausflugsfahrt gebucht. Das Finanzielle soll ich hier vor Ort klären, war die Auskunft des Büros. Das geht doch in Ordnung?"
Warum nicht! Das Ticket war okay, nur der Name des Bootes fehlte. Es musste wahrscheinlich sehr schnell gehen, gestern. Der Chef fand das auch und die drei suchten sich ein Plätzchen unter den anderen Mitreisenden.
Los ging die Fahrt und die kleine Brise auf dem offenen Wasser machte das Warten im heißen, weil Wind stillen Hafen vergessen. Die Gäste amüsierten sich und nutzten jeden Stopp für ein ausgiebiges Bad.
Besonders unsere drei Nachzügler genossen das Meer und die Sonne. Vorbei an Kalithea, passierten wir die Anthony-Quinn-Bucht und verließen gerade unseren Ankerplatz in Afandou auf dem Rückweg nach Faliraki, als der Familienvater auf uns zu trat.
„Ich hätte da eine kurze Frage an Sie?"
Der Kapitän nickte ihm freundlich zu.
„Es ist jetzt schon nach ein Uhr Mittags. Meine Frau und ich wollten nur gerne wissen, wann wir endlich Lindos erreichen. Dafür haben wir doch schließlich gebucht."
Theo musste tief Luft holen, die Überraschung war perfekt.
„Das tut mir jetzt sehr Leid für Sie, aber wir sind auf dem Rückweg nach Rhodos-Stadt. Nach Lindos geht unsere Tour gar nicht. Sie brauchen etwa eine und eine halbe Stunde mit

dem Schiff vom Mandraki nach dem Örtchen Lindos, weiter unten an der Ostküste. Sie kamen heute Morgen so zielstrebig an Bord, dass für uns kein Zweifel an der Richtigkeit Ihres Tickets aufkam. Alle Passagiere heute kommen von Ihrem Reiseveranstalter."

Ein wenig enttäuscht waren sie nun doch. Aber eine Buchung in letzter Minute sollte trotzdem niemanden davon abhalten, sich umfassend zu informieren. Das fängt beim Bootsnamen an!

L - Lernen an Bord

Neun Uhr Morgens. Es ist Sahara heiß. Wir haben bereits 38ºC im Schatten. Kein Windhauch!

Erster Halt: Anthony-Quinn-Bucht. Er springt in den Spiegel und zerstört die makellose, zähe Oberfläche des ruhenden Wassers. Tropfen, getrennt von der Muttermasse, erreichen sie und zerplatzen auf ihrer glühenden Haut. Sie sieht ihm sehnsuchtsvoll zu bei seinen gekonnten Schwimmzügen. Stufe für Stufe steigt sie die Leiter abwärts, der See entgegen. Seine starken Arme geben ihr Halt. Sicherheit! Sie hat es geschafft. Beide Frauenhände umklammern die Seitensprossen der Leiter. Beide Männerhände umfassen ihre Taille.

Zweiter Halt: Afandou-Strand. Die Luft steht, heiß wie in der Wüste Gobi, über dem Land. Zweiundfünfzig Grad! Im Schatten gemessen. Das poolwarme Wasser lockt. Er springt vorweg, nachdem er ihr beim Anlegen einer Schwimmweste liebevoll geholfen hat. Stufe für Stufe steigt sie ihm entgegen. Vertrauensvoll gleitet sie in seine Arme. Ihre Hände ruhen auf seinen zuverlässigen Schultern. Langsam, sehr langsam, entfernt er sich mit ihr vom Boot, bringt etwa fünf Meter Wasserfläche zwischen sich und das sichere schwimmende Holz.

Nächster Halt: Faliraki. Es ist unglaublicher Weise noch heißer geworden, das Wissen um die Temperatur erschwert das Atmen. Er springt in die lauwarme salzige See. Sie steigt die Treppe hinunter, mit Weste. Seine Hände umschließen ihre Hände. Die Arme gestreckt, liegt sie auf dem Wasser. Er hält sie nur fest. Mit den Beinen versucht sie die ersten Schwimmbewegungen.

Letzter Halt: Kalithea-Bay. Niederschmetternd heiß ist es nun.

Alle sind träge und Temperatur geschädigt: das Land, das Meer, das Boot und die Menschen an Bord.

Er springt ein letztes Mal von Deck. Sie folgt ihm über die Leiter. Dann liegt sie auf dem Wasser. Schützend liegt die Schwimmweste um ihren Körper. Schützend liegen seine Hände um ihre Taille. Zu den Schwimmbewegungen der Beine kommen die der Arme dazu. Sie merkt erst gar nicht, dass er sie vorsichtig los gelassen hat. Nun schwimmt er neben ihr.

Strahlende Augen sehen mich an, als sie sich von mir verabschiedet.

„Danke für den wunderschönen Tag!"

Ihre linke Hand ruht in seiner rechten.

M - Massenansturm

Schauen wir doch mal kurz über unsere Reling zum Nachbarn hinüber.

Stellios ist Besitzer einer kleinen, sehr exquisiten zweimotorigen Yacht, die für zwei bis zehn Personen ideal ist. Richtige Privatatmosphäre!

Seine Gangway hat eine Länge von einem Meter und ist nur vierzig Zentimeter breit. An einem Augustabend buchten zwei Herren in den späten Fünfzigern die Yacht für den nächsten Tag. Fahrtziel war die Insel Symi. Deshalb lag auch die Abfahrtszeit eine Stunde vor der unsrigen.

Kapitän, Sailor und ich tranken an Deck der „Pirat" unseren Morgenkaffee. Wir beobachteten das Hafentreiben und so entging uns auch nicht die Ankunft von Stellios' Passagieren — drei Ehepaare mit einer Gemeinsamkeit: jeder von ihnen brachte nach unserer Schätzung nahezu neunzig Kilo auf die Waage. Die zarte Yacht und der grazile Laufsteg bildeten einen spannenden Kontrast zu den wohl geformten Gästen.

Die Damen und Herren waren begierig, an Bord zu kommen. Die Gedanken an das bevorstehende Abenteuer ließen keinen Raum für zweckdienliche Hinweise des Bootseigners. Die Damen stürmten auf die Gangway, standen alle drei gleichzeitig auf dieser schmalen Planke.

Der Steg ertrug die frauliche Folter nicht! Mit einem lauten vernehmlichen Knacks brach er in der Mitte entzwei. Den Damen blieb kein anderer Ausweg, als dem gebrochenen Holz in das Wasser des Hafenbeckens zu folgen, wenn auch nicht ganz freiwillig!

Verknotete Glieder, treibendes Holz und die Schreie der Wassernymphen wider Willen erschwerten die Maßnahmen der Helfer enorm. Stellios sprang den Frauen mutig hinterher, aber welche Chancen hatte ein zwar kräftiger, jedoch mit etwas unter siebzig Kilo doch sehr schlanker Mann gegen solch geballtes Leben?!

Nach reichlich fünfzehn Minuten kam etwas Ordnung in die Planschenden und die Damen wurden mehr oder weniger sorgsam an Deck der Yacht gezogen. Die Ehemänner stiegen über das benachbarte Boot an Bord. Die Reste der Gangway landeten auf der Uferstraße und zur Erholung wurde erst einmal der Anker gelichtet.

Auf nach Symi!

N - Normen

Regeln werden nicht nur erfunden, um unseren Übermut zu bremsen. Verbote werden nicht nur erlassen, um unseren Spaß einzuschränken. Die Richtlinien des Schiffsbetriebes auf Rhodos sollen sowohl den Betreiber als auch den Passagier schützen.

Das Strafmaß einiger Verordnungen, speziell dem von Unfällen an Bord, geht für meine Begriffe sehr zu Lasten des Kapitäns. Die Eigenverantwortung des Urlaubers für sein Wohlergehen findet leider keine Berücksichtigung.

Ein schöner Urlaubstag an Bord geht zu Ende.

Manchmal kommt es vor, dass viele unserer Ausflugsschiffe etwa zur selben Zeit den Heimathafen ansteuern. Besonders in den heißen Monaten des Jahres bleiben die Boote gerne länger auf dem Wasser.

Die „Pirat" war soeben fest gemacht worden, die Passagiere gingen müde und zufrieden von Bord. Neben uns glitt gerade das Tauchschulschiff „Seehund" an seinen Liegeplatz. Direkt hinter ihm steuerte die „Möwe" den ihr gehörenden Nachbarplatz an. Die Motoren der beiden Boote liefen noch, die Schrauben wühlten das Wasser auf. Der „Seehund" musste seine Position korrigieren und setzte daher ein Stück zurück.

Im selben Moment sprang ein übermütiger junger Mann von der Reling der „Möwe" ins Hafenbecken. Mit mehr als kindlichen Lautäußerungen gab er der Freude über seinen gelungenen Satz Ausdruck. Er paddelte zwischen den beiden Booten herum. Jemand warf ihm einen der überdimensional großen Gummiringe hinterher. So trieb der nicht mehr ganz zurechnungsfähige, offenbar alkoholisierte Gummiboot-Kapitän ahnungslos zwischen den immer noch arbeitenden Schiffsschrauben der „Seehund" und der „Möwe".

Er genoss es sichtlich, Mittelpunkt der Anlegemanöver zu sein. Die Gefahr für sich selbst erkannte er dabei nicht. Freudig erregt ließ er sich von seinen ebenso nicht sehr weitsichtigen Freunden feiern.

Ohne darüber nachzudenken, hatte unser nicht eben positiver Held viele Menschen in Sorge versetzt. Das Schauspiel erregte darüber hinaus auch noch die Aufmerksamkeit unserer Gesetzeshüter in Weiß – der Hafenpolizei.

Die nötige Konsequenz aus dem Geschehen war klar, es musste eine Strafe verhängt werden. Nur stimmte die Person des Bestraften nicht mit der des eigentlichen Täters überein. Letzterer zog mit seinen Kumpanen ungehindert in die nächste Bar.

Der Kapitän der „Möwe" wurde zur Zahlung einer unglaublich hohen Geldbuße verurteilt.

O - Obulus

Der Wanderer oder der Badende findet entlang der Küste von Rhodos versteckte Höhlen, geheime Nischen, unberührte Fleckchen, verträumte Plateaus. Plätze, verschwiegen und deshalb so richtig was für zwei, die gern allein sein möchten. Stellen, mitunter schwierig zu erklettern und vor allem nicht einsehbar – vom Land aus.

Wir nähern uns Kalithea. Haben direkt vor uns die Felswand, hinter der schon die ersten Ausläufer von Rhodos zu finden sind. Theo und ich plaudern gerade, als er mitten im Satz stockt. Aufmerksam blickt er nach vorn. Dann streckt er lächelnd die Hand aus. Er flüstert.

„Siehst du gerade aus den über dem Wasser hervor stehenden Felsen? Rechts daneben ist ein kleines Plateau."

Ich muss nach oben schauen und es dauert einige Sekunden, bis ich den Felsen ausgemacht habe. Meine Augen schweifen nach rechts. Da! Jetzt sehe ich es auch.

Zwei nackte Körper, eng umschlungen, bewegen sich im Rhythmus der Liebe.

P - Partytime

Frank's Geburtstag!

Wie jedes Jahr hatte er die „Pirat" für seine Gäste, die Angestellten und die Familien gechartert. Eine fröhliche Party mit Musik, Getränken aller Art und verschiedenen Snacks.

Natürlich schliefen erst einmal alle aus. Wenn man wie Frank ein Clubbesitzer ist, sind die Nächte sehr arbeitsreich und lang und man kommt erst am Morgen ins Bett. Für zwölf Uhr Mittags war die Abfahrt anberaumt worden. Aber, auch wie jedes Jahr, verspäteten sich einige der Gäste, mussten noch Minuten vor dem Ablegen Eiswürfel für die Kühlbox nachbesorgt werden. Kurz vor ein Uhr waren glücklich alle Gäste versammelt und das Eis klapperte um die Flaschen.

Das Hafenamt gab uns die Erlaubnis zum Start und das schwimmende Partyzelt floh aus der Hitze der Stadt auf die von einer Brise gekühlte See hinaus.

Hatten sich vor der Abfahrt noch einige Gäste wegen der Verspätung ein ganz klein wenig geärgert, sollte gerade diese Zeitspanne von etwa vierzig Minuten ein anderes Pärchen später jubeln lassen!

Die Stimmung stieg schnell. Die Korken knallten. Die Gäste ließen es sich schmecken. Es herrschte eine entspannte Atmosphäre auf der „Pirat".

Der Wind frischte auf und drückte vom Land her gegen das Boot. Jeder war irgend wie mit sich und seinen Bedürfnissen beschäftigt oder im eifrigen Gespräch mit anderen vertieft. Es war wohl Glückssache für zwei Menschen, dass Frank noch mal eine kurze Atempause dazu nutzte, seine Augen über die Weite des Wassers schweifen zu lassen.

„Theo, kann ich mal dein Fernglas haben?", fragte er.

„Warum?"

„Ziemlich weit dahinten sehe ich zwei dunkle Punkte und will eigentlich nur wissen, was das sein kann."

Dabei wies Frank mit dem ausgestreckten Arm in östliche Richtung, senkrecht zur Bootsrichtung und zur Küstenlinie. Nur Sekunden später rief er aufgeregt:

„Das sind Leute! Da schwimmen zwei!"

„Ist doch Quatsch!" So weit draußen doch nicht, das ist doch lebensgefährlich."

Unwirsch nahm Theo Frank sein Fernglas aus der Hand, schaute hindurch und musste seinem Freund dann Recht geben.

„ Da stimmt was nicht, Theo. Lass uns rüber ziehen mit dem Boot und nachsehen. So haben wir uns nichts vorzuwerfen, falls es nur ein blinder Alarm sein sollte."

Der Kapitän drehte bei und rasch vergrößerten sich die dunklen Punkte im Wasser. Langsam wurden auch die anderen Gäste auf die Situation aufmerksam.

Theo kontrollierte immer wieder mit dem Fernglas die Bewegungen der Punkte im Wasser.

„Nicht doch! Ich sehe nur noch einen – nein, jetzt wieder zwei."

Er reichte das Fernglas an Frank weiter, aber nun waren schon mit bloßem Auge die zwei Schwimmer zu erkennen. Und es war wahr: von Zeit zu Zeit verschwand der eine Kopf immer wieder unter Wasser.

Einige der Männer rissen sich die Hemden vom Leib. Dann war das Schiff nah genug heran. Die ersten drei aus der Männerriege sprangen über Bord. Theo löste hastig den Rettungsring von der Reling und warf ihn hinunter. Die zweite Dreiergruppe an Bord war unterdessen schon unterwegs zu Kopf Nummer zwei. Viel mehr hatten wir alle ja bis jetzt nicht gesehen.

Die Uhren tickten langsamer, schickten die Zeit nur mühsam auf ihren Weg. Endlich! Endlich hatten wir die Zwei an Bord. Es waren ein Mann und eine Frau, so Ende Zwanzig. Beide waren vollkommen erschöpft, die Frau Kräfte mäßig bereits am Ende. Ihren Kopf hatten wir immer wieder beim Abtauchen beobachtet.

Den Umständen des Glücks, die beiden gesehen zu haben, konnten wir noch einen hinzu fügen: Wir hatten eine Krankenschwester an Bord.

Drei Viertelstunden nach der Bergung waren beide wieder voll da, wenn auch immer noch ausgelaugt. Sie war halb Griechin, halb Italienerin, er sprach Englisch. Das Paar wollte den Tag in Kalithea am Strand verbringen. Die junge Frau ging ins Wasser und war ein Stück hinaus geschwommen. Es ging sehr leicht, wegen des ablandigen Windes. Genau diese Windverhältnisse aber machten es ihr später unmöglich, auf dem selben Weg zurück zu schwimmen. Ihr Freund hatte ihre vergeblichen Anstrengungen bemerkt. Anstatt ein Boot zu Hilfe zu holen, war er selbst zu ihr geschwommen. Im Ergebnis wurden dann beide zum Spielzeug der Wellen, der Strömung und des Windes. Es hätte tödlich enden können.

Auf der Höhe von Faliraki rief Theo über Funk ein Speedboot. Das brachte unsere zwei Schwimmer zurück an den Strand.

„Gut, dass du so gedrängt hast, nachzuschauen, Frank!"

„Ja, wie man sieht, ist Neugier manchmal lebensrettend! Aber wie leichtsinnig manche Urlauber immer wieder sind."

„Stimmt, wenn sie wenigstens die Strömung und die Winde ein wenig berücksichtigen würden."

Theo unterstrich seine Worte mit einer auf das Wasser zielenden Handbewegung.

„Wenn der Wind direkt vom Land weht, schwimme ich doch nicht so zurück. Man muss doch eigentlich merken, dass es in einem Winkel zur Windrichtung viel einfacher geht!"

„Du hast recht! Eine kleine Wind- und Strömungskunde zu Urlaubsbeginn wäre gar nicht so verkehrt."

Frank schaute gedankenvoll auf seine Uhr.

„Wären wir pünktlich abgefahren, hätten wir die zwei noch in Ufernähe passiert. Niemand hätte ihnen helfen können."

„Ja, um diese Zeit fährt kein einziges Schiff auf dieser Route."

Die Geburtstagsrunde stieß noch einmal auf den Rettungsakt an. Neugier und vierzig Minuten Verspätung hatten zwei Menschen das Leben gerettet.

Q - Quinn, Anthony

Die Anthony-Quinn-Bucht ist eine stille, kleine, von Felsen eingeschlossene Bucht hinter Faliraki mit fantastisch klarem Wasser. Teile des Films „Die Kanonen von Navarro" waren hier entstanden. Mr. Quinn hatte diese Bucht auch käuflich erworben und wollte ein Hotel bauen, was er dann nicht tat. Zwanzig Jahre wartete man, dann machte die Regierung den Kauf rückgängig und dieses Kleinod der Natur allen wieder zugänglich.

Alles an ihm war grau.

Angefangen von seinem Schlapphut, den schulterlangen Haaren, über sein Baumwoll-Shirt und seine Leinenhose bis zu den nackten Füßen in den Sandalen. Er war groß, hager und lief nach vorn gebeugt, mit hinter dem Rücken verschränkten Armen.

Der alte Mann verhielt vor dem Boot, schob die Sonnenbrille ein Stück die Nase hinunter, las unseren Werbetext, rückte die Sonnenbrille wieder zurecht und ging weiter. Nach etwa zehn Schritten stoppte er, sah zu mir zurück und machte kehrt. Sein überlanger, knochiger Zeigefinger stieß in Richtung Werbetafel vor.

„Was ist Anthony Quinn?", fragte er mit knochig rasselnder und farbloser Stimme.

„Das ist eine sehr schöne Bucht, wo wir zum Schwimmen Halt machen."

„Warum aber Anthony Quinn? Wissen Sie überhaupt, wer das war?"

Seine ziemlich kleinen, recht stechenden Augen musterten mich. Es blieb mir gar keine Zeit für eine Antwort. Sein Zeigefinger zielte jetzt auf mich, als er weiter sprach.

„Sie wissen es nicht!"

Das sagte er triumphierend und hob seine Stimme.

„Sie wissen es nicht. Keiner hier hat eine Antwort. Aber dieser bedeutende Name wird einfach so benutzt."

„Meiner Meinung nach unterschätzen Sie das kulturelle Verständnis der Bewohner von Rhodos! Nur weil viele von uns Boote betreiben, sind wir, was das Wissen angeht, nicht auf dem Stand der Neandertaler stehen geblieben."

Er zuckte zusammen. Der Finger wurde eingerollt. Die Hand wanderte zurück auf den Rücken. Der Kopf sank wieder tief zwischen seine Schultern.

„Entschuldigen Sie, junge Lady. Ich wusste nicht, dass Sie Griechin sind."

R - Reparatur auf See

„Der Öldruck fällt, Theo."

Ab und zu warf ich während der Fahrten ein Auge auf die Armaturen. Der Kapitän steuerte das Boot vom Oberdeck.

„Der Druck fällt weiter. Der Zeiger steht im roten Bereich."

Theo stoppte sofort die Maschine und verschwand für einen ersten Check im jetzt Backofen heißen Maschinenraum. Der Schweiß lief ihm am ganzen Körper, als er zwei Minuten später wieder auftauchte.

„Ich kann nicht sehen, woran es liegt."

Im gleichen Moment zirpte der Sprechfunk.

„He, Kapitän, was ist los? Hast du Ärger?"

Es war Pythagoras, der gerade mit uns gleich zog.

Auf Theo's Kommentar hin steuerte er seine „Windsbraut" so dicht an uns heran, dass er über die Reling klettern konnte. Sofort danach brachte der zweite Steuermann genügend Abstand zwischen die beiden Schiffe. Beide Männer verschwanden unter Deck.

Die Gäste wurden unruhig.

Einer nach dem anderen schoben sich zwei nasse Männerkörper aus der Luke. Theo erläuterte das Problem.

„Wir werden von der „Windsbraut" in Schlepp genommen. Haben wir bis Faliraki den Schaden nicht behoben, lasse ich die Urlauber da an Land bringen."

Über einen Abbruch der Reise war natürlich keiner sehr erfreut. Trotz nicht mehr so erwartungsfroher Stimmung beobachteten die Passagiere das Vertäuen der „Pirat" an einer Schleppleine sehr interessiert.

Bis Faliraki hatten die Freunde etwa fünfundvierzig Minuten Zeit für einen Reparaturversuch. Als ich dann jedoch sah, wie sie den kompletten Ölfilter ausbauten, musste ich schon tief in meine Trickkiste greifen, um vor allem die Gäste, aber auch die beiden Bastler vertrauensvoll an zulächeln.

Mit langsamer Fahrt zog die „Windsbraut" uns in Richtung Faliraki. Ungewöhnlich rasant verging die Zeit.

Das restliche Öl in Behälter ablassen, den Filter ausbauen, reinigen und dann die Fehlersuche. Eine Dichtung war gebrochen. Also neuen Filter einbauen, nochmaliges Ausbauen, weil der Dichtungsring sich verkantete, neuen Ring einsetzen, Filter erneut einbauen, Öl auffüllen und schon waren zweiunddreißig Minuten vorbei. Die Maschine wurde angelassen, Öl in den Kreislauf gepumpt. Der Öldruck stieg an, stieg auf den Normalwert, fiel wieder ab.

Auweia!

Aber er stieg wieder an und der Zeiger blieb da, wo er hin gehörte. Auf Normal. Nach einundvierzig Minuten Arbeitszeit lief die Maschine wieder wie geschmiert!

Wir waren auf der Höhe von Faliraki, als die Schleppleine gelöst werden konnte. Ein jeder Gast widmete sich zufrieden erneut der Küste und der Sonne. Ein selbstbewusster Freund kehrte an Bord seines Schiffes, der „Windsbraut", zurück und ein stolzer Kapitän übernahm wieder das Steuer der „Pirat".

S - Segel setzen

Der deutsche Professor für Kunst war ein Genie der Selbstdarstellung. Stets in Weiß gekleidet, das noch füllige Haar schulterlang den Winden von Rhodos dar geboten, führte er die Gruppe seiner Studenten an. Ich traf sie meist früh Morgens auf meinem Arbeitsweg durch die wunderschöne historische Altstadt, im Mix der Jahrhunderte gewachsen.

Die Studenten skizzierten eifrig und mit viel Talent, was sich ihren Blicken bot: Moscheen und Minarette, Brunnen und Badehäuser, Wohngebäude und den Großmeisterpalast.

Nach dem Beachten von Fluchtlinien und Perspektiven wollten die Studenten natürlich auch das Leben der Insel genießen.

Der Herr Professor war ein leidenschaftlicher Segler. Also kaperte er kurz entschlossen die „Pirat" für einen Küstenausflug. Sehr ausführlich war ihm vor Beginn der Fahrt erklärt worden, dass das Schiff zwar Segel habe, aber deshalb noch lange nicht auch dazu fähig sei. Das Segel am Hauptmast diente momentan nur zum Manövrieren bei eventuellen Maschinenschäden, um dem Land nicht zu nahe zu kommen beim Treiben auf See. Die anderen Segel wurden gerade umgestaltet. Es sollte wieder die ursprüngliche Segelkraft hergestellt werden.

Der Abend kam und der Professor ging mit seinen Studenten an Bord. Nun war er aber auch kein Mann, der das 'Nein' eines anderen einfach so klaglos akzeptieren konnte.

Nach der Hafenausfahrt übernahm er das Steuerruder und das Kommando über die „Pirat". Seine Studenten waren begeistert.

Nach neuerlicher Diskussion gab Theo schließlich auf.

„Der soll selbst sehen, was passiert", sagte er und gab das

Segel frei.

Hurra-Rufe machten den Mann am Steuer für einen kurzen Moment noch größer. Die Maschine verstummte und das Segel wurde aufgezogen.

Der Abend war angenehm frisch und der Wind durchaus kräftig, aber nicht kräftig genug für ein Schiff unserer Größe mit halber Bespannung. Zweiunddreißig Augenpaare sahen das magere Ergebnis. Das Schiff tänzelte auf den Wellen, bewegte sich jedoch nicht vorwärts. Es drehte sich nicht einmal in den Wind, trotz aller Versuche des künstlerischen Steuermannes. Das Segel stand quer zur Windrichtung.

Stille herrschte auf der „Pirat". Die Euphorie der Jungen und ihres Gönners wurde vom Wind beinahe sorgsam hinweg getragen. Aller Blicke richteten sich, gleichsam vorsichtig, auf den nun nicht mit Siegeslorbeer bekränzten Bezwinger der Naturkräfte. Sehr lange fünf Minuten währte der innere Dialog des Künstlers mit dem Wind.

Plötzlich ein wirklich hässliches Reißgeräusch!

Das Segel! Ungefähr einen Meter unter der Mastspitze klaffte der Riss, der sich rasend schnell weiter fraß. Schneller als schnell halfen die Studenten nun beim Einholen des Segels. Theo warf die Maschine wieder an.

Jugend findet rasch neue betrachtenswerte Dinge.

Der Professor kämpfte noch einige Minuten mit seiner verletzten Eitelkeit. Doch er gewann auch diesen Kampf. Eben ein Siegertyp!

So wurde es für alle an Bord dennoch eine gemütliche Reise zwischen Abend und Nacht auf dunkler See. Nur die Lichter der Insel und die Sterne wetteiferten weiterhin miteinander.

T - Toleranz

Heute Morgen machte ich mir so meine Gedanken über zwei junge attraktive Damen. Im ersten Moment wirkten sie eigentlich sehr nett und aufgeschlossen. Aber auch nur im ersten Moment!

Fräulein Hübsch und Fräulein Schön musterten eingehend ihre Mitreisenden, auf der Suche nach dem richtigen Platz. Sie schauten sich um, kamen zurück zum Heck, begutachteten das Oberdeck. Eine schwere Entscheidung.

Was war nur so schwierig? Das Boot war nur mäßig besetzt und erfahrungsgemäß änderten die Urlauber ohnehin während der Fahrt ihre Meinungen zu Sonne-und Schattenplätzen.

Noch immer standen die zwei Frauen unschlüssig inmitten der anderen Passagiere, die schon langsam mit der Bootserkundung starteten. Dann bemerkte ich einen inneren Ruck der Entscheidung. Sie traten auf mich zu.

„Wir müssen dringend telefonieren."

„Aber natürlich! Schauen Sie, überall auf der Uferpromenade gibt es Telefone. Sie haben bis zum Ablegen noch genügend Zeit."

Es wurde telefoniert. Aber nach dem Gespräch sahen Fräulein Hübsch und Fräulein Schön auch nicht zufriedener aus. Was konnten Urlauber an einem solch schönen Morgen nur für belastende Probleme mit sich herum tragen?

Ich sollte es gleich erfahren, denn sie wendeten sich erneut mit einer Frage an mich.

„Wissen Sie, wir wollen ja sehr gern mitfahren mit Ihnen. Wir haben uns auf den Tag schon sehr gefreut."

Dann eine kleine Verlegenheitspause.

„Aber?", hakte ich nach.

„Nun ...äh..., es hat uns niemand gesagt, dass wir mit solchen Leuten mit fahren müssen."

Fräulein Hübsch deutete auf die Gruppe am Heck und Fräulein Schön nickte bestätigend. Endlich war es heraus!

„Oh, Sie müssen gar nichts, meine Damen. Wenn Ihnen die Mitreisenden nicht gefallen, steht es Ihnen natürlich frei, auf die Fahrt zu verzichten."

Fräulein Schön druckste herum.

„Nun, deswegen haben wir ja bei unserer Reiseleitung angerufen."

Fräulein Hübsch setzte noch hinzu:

„Aber das Ticket würde dann verfallen, hat man uns gesagt."

„Das ist natürlich sehr schade für Sie. Aber was haben Sie denn an den Mitfahrern auszusetzen?"

Treuherzig schaute ich die beiden Unglücklichen an.

„Sie sehen doch, dass die nicht normal sind!"

War da ein klein wenig Aufsässigkeit in ihrer Stimme zu hören gewesen?

„Wie gesagt: Es ist Ihre Entscheidung, es zu lassen oder mit zu kommen. Wer sagt Ihnen eigentlich, dass die Personen dieser Gruppe nicht normal sind? Was ist, wenn das der Normalzustand ist und wir – Sie und Ich – zu der Gruppe der Nicht-Normalen gehören?"

Unbewusst hatte meine Stimme an Schärfe zugenommen.

Fräulein Hübsch und Fräulein Schön sahen sich bedrückt an und kehrten an Bord zurück. Ich schaute ihnen mit einigem Unverständnis hinterher. Da tippte mir jemand von hinten auf die Schulter. Ich drehte mich um, sah den jungen Mann an und ging unbewusst in Abwehrstellung.

„Interessante These."

Er grinste.

„Ich wollte mich eigentlich nur bei Ihnen bedanken. Obwohl

wir heutzutage so offen mit der Problematik von Behinderten umgehen, geschieht es doch nicht so oft, dass jemand so wissenschaftlich Partei ergreift. Ich betreue diese Gruppe schon längere Zeit und sie sind alle sehr lieb und vor allem sehr dankbar für jede Art der Zuwendung und Aufmerksamkeit."

Unsere Tour verlief dann sehr kurzweilig.

Fräulein Hübsch und Fräulein Schön machten erst ihr eigenes Ding. In Verlauf des Tages tauten sie dann auf, nachdem klar war, dass keiner aus der Gruppe eine Bedrohung war. Sie beobachteten, erst verstohlen, die Freude, die jeder Einzelne von ihnen auf verschiedene Weise zum Ausdruck brachte. Später kam dann auch kein Einwand, als sich ein Mitglied der Runde neben sie setzte.

So wurde es doch noch für alle gemeinsam ein toller Tag und die beiden Fräuleins verließen das Schiff mit einer neuen Erfahrung zwischen den Badesachen.

Die Gruppe blieb noch eine weitere Woche in Rhodos-Stadt. Jeden Tag kamen sie beim abendlichen Spaziergang am Boot vorbei und da gab es für uns jedes Mal viele Hände zu schütteln.

U - Unwiderstehliche Tiefe

Eines meiner Hobbies ist das Tauchen.

Die Stille unter Wasser ist grandios. Ich kann mich treiben lassen, meine Gedanken werden durch nichts unterbrochen. Das Innere kommt zur Ruhe bei der Beobachtung der Unterwasservielfalt.

Tauchen ist nicht nur eine Therapie für die Seele. Auch ein nicht voll funktionsfähiger Körper lässt sich verzaubern. Vor allem Menschen im Rollstuhl nutzen das Angebot der Tauchschulen, wenn sie so weit gesund sind, für Schnupperkurse und Tagestouren.

Ein Geschehnis, so gefährlich es auch hätte ausgehen können, bleibt mir in Erinnerung. Giorgos erzählt:

Das Paar kam an Bord der „Seehund". Vielleicht kannten sie sich noch nicht lange oder waren frisch verliebt, sie gingen Hand in Hand. Auch an schmalen Stellen an Deck. Sie dabei immer vorweg, er hinterher. Als ich die medizinischen Fragebögen ausgefüllt entgegennahm, stand dann auf beiden Zetteln der selbe Name. Für beide war der Tauchgang völlig unbedenklich.

Während meiner Einweisung auf dem Weg nach Kalithea flüsterten die beiden ständig miteinander. Die Handzeichenproben waren in Ordnung.

In Kalithea dann half seine Frau ihm beim Anlegen von Anzug, Weste und Gasflaschen. Sie hingegen musste alles allein tun, wurde von unseren Tauchern unterstützt. Ich wunderte mich schon ein wenig, dass er recht teilnahmslos neben ihr wartete. Wieder Hand in Hand gingen sie zum Rand der Plattform, probierten die Atmung unter Wasser und ab ging's!

Sie blieb auch immer unter Wasser neben ihm. Bis wir zu der Stelle kamen, wo es etwas steiler nach unten ging. Mittels des

Druckventils sanken wir, sie allerdings schneller als er. Und auf einmal lag er über der Gruppe und schien die Orientierung verloren zu haben. Ich zog zu ihm hoch und fragte per Handzeichen nach seinem Problem. Aber er antwortete nicht. Dann war seine Frau neben ihm. Er war okay. Es gab auch keinen technischen Defekt. Auch genügend Sauerstoff zum Atmen war noch vorhanden. Obwohl sie nicht mehr auffällig wurden, blieb ich wachsam und misstrauisch. Zurück auf dem Boot bat ich um eine mögliche Erklärung, denn irgend etwas stimmte nicht mit dem Pärchen, definitiv.

„Sie haben Recht. Wir haben nichts gesagt. Wir hatten Angst, dass sie ihm dann das Tauchen nicht erlauben würden. Und er hat es sich doch so sehr gewünscht. Da konnte ich nicht nein sagen, wissen Sie. Mein Mann ist blind!"

V - Verführung

Der einzelne Mensch fährt aus unterschiedlichsten Gründen mit einem Schiff: Seemannsromantik, Abenteuerlust, Kindheitstraum, Naturnähe, Urlaubserlebnis, Spaßgefühl.
Der jungen Russin, die heute zu den Passagieren gehörte, schwebte etwas völlig anderes durch ihr hübsches Köpfchen.
Sie hatte eine tadellose Figur, war groß gewachsen. Ihr glattes, glänzend braunes Haar reichte ihr bis zur Taille. Der knappe gelbe Bikini zeigte einen sehr wohl an den richtigen Stellen gerundeten Körper, unterstrich die Tönung ihrer Haut. Sie bewegte sich bewusst modelhaft und reichlich lasziv.
Jeder Schritt, den sie über die Decksplanken tat, fügte mir beinahe körperlichen Schmerz zu. Ich fühlte mit dem Schiff. Entgegen aller Aufforderungen trug sie ihre Stilettos.
Nach einem langen Weg vom Heck zum Bug sank sie sehr divenhaft auf die vordere Bank. Wie ein Gedicht formulierte sie ihren grazilen Körper, streckte die Beine länger und länger. Die Arme breitete sie wie Flügel voller Anmut über die Reling hinter sich. Der Kopf sank zwischen ihren Schultern ebenfalls rückwärtig auf das Holz, unter Beachtung ihrer Haarpracht. Diese Fülle braunen Lebens fiel frei über die Reling, den Wellen entgegen. Das Haupt war ein wenig zur Seite geneigt, die Augen unergründlich hinter dunklen Sonnengläsern verborgen. Aber das ermöglichte ihr, alle an Bord Anwesenden, insbesondere die Herren der Schöpfung, und da besonders Kapitän und Sailor, im Blick zu haben und ihre Wirkung auf sie austesten zu können.
Schönheit ist etwas, das jeden anzieht. Wenn es natürlich geschieht. Ich fülle dieses schöne weiße unschuldige Blatt Papier nicht mit den bärbeißigen Bemerkungen und spitzen Kommentaren meiner männlichen Begleiter dieses Tages.

Die junge Frau bemerkte es sehr schnell selbst – ihre ach so göttergleiche Verführung auf See begeisterte wohl nicht einmal diese. Der Himmel bewölkte sich.

W - Wortreiche Begleitung

„Schatz, wo bist du?
Ist das Wasser sehr kalt?
Schwimmst du nach vorn, um das Boot herum?
Möchtest du nicht deinen Schnorchel und die Brille haben?
Vielleicht gibt es Fische im Wasser.
Ich gebe sie dir runter. Komm an die Treppe.Da!
Schwimm bitte nicht so weit weg vom Boot.
Wo bist du denn jetzt? Ich sehe dich nicht. Ach hier, am Bug.
Ich laufe nämlich mit dir mit.
So habe ich dich die ganze Zeit im Auge.
Pass auf mit der Ankerkette, ja?
Schatz, kannst du Fische sehen? Ja? Viele?
Vorsicht, hier will jemand ins Wasser springen.
Hast du dir schon das Boot unter der Wasserlinie angesehen?
Liebling, du bist schon so lange im Wasser.
Ist dir nicht kalt?
Schau nur, die Kinder da drüben. Wie sie planschen.
Soll ich dir Brille und Schnorchel wieder abnehmen?
Gut so, ich habe sie.
Kommst du noch nicht an Bord?
Schwimmst du noch so eine Runde ums Boot?
Ich begleite dich wieder.
Schwimm nicht so nah am Boot, es dreht sich ständig.
Vorsicht, Lieber. Da kommen dir Leute entgegen.
Ach, ist das Wasser nicht sehr salzig?
Komm nach oben jetzt. Du musst doch langsam erschöpft sein.
Schaaaaaaatz? Wo bist du?

X - Xanthippe

Ein Badeausflug mit einem Zweimaster ist nur bedingt mit einer Seereise auf einem Luxusliner vergleichbar. Beides sind Schiffe und beide befahren das Meer. Auf beiden gibt es einen Kapitän und eine Mannschaft. Ab hier sollte man jedoch versuchen, zu differenzieren. Das ist manchmal eine recht knifflige Angelegenheit.

Die Dame von Welt trug einen schwarzen Strohhut mit überdimensionaler Krempe, schwere goldene Kreolen, eine dunkle Sonnenbrille und passend zum kleinen schwarzen Täschchen kleine schwarze gehäkelte Handschuhe.

Kurz nach dem Ablegen winkte sie mich heran.

„Könnte ich einen Drink haben?"

Ich erklärte ihr, wie die Gäste selbst ihre Drinks an der Bar bestellen und mitnehmen.

„Oh, da muss ich also da hinunter?"

Schmollend zeigte sie in Richtung Kajüte. Endlich an der Bar angelangt, orderte sie eine 'Bloody Mary'.

„Nein, Sie haben keinen Tomatensaft? Ts...ts, dann nehme ich ein Gin-Tonic. Auch keinen Tonic? Ich denke, dass ist eine Bar? Aber einen Sprudel werden Sie wohl haben?"

Hatten wir nicht.

Nur normales stilles Wasser stand eiskalt in unserem Kühlschrank, das, was bei solchen Temperaturen bevorzugt von unseren Gästen gewünscht wird.

Leicht irritiert kehrte die Dame an Deck zurück.

„Ach, Fräulein? Könnte ich ein nasses Tuch bekommen? Es ist so schrecklich heiß."

„In ungefähr zehn Minuten halten wir für die erste Badepause."

Kein nasses Tuch. Die Dame von Welt zog ihr süßes Näschen etwas kraus, was in einer anderen Situation bestimmt sehr reizvoll gewirkt hätte. Unvermuteter Weise ging sie tatsächlich schwimmen, aber den Hut, den behielt sie auf.

„Fräulein, kann ich bitte ein Handtuch haben?"

„Entschuldigen Sie, aber das bringen unsere Gäste immer selbst mit."

„Also, von Service ist ja bei Ihnen nicht viel zu merken. Wie soll ich mich denn jetzt abtrocknen?"

„Schauen Sie doch, Sie sind in den zwei Minuten, die Sie hier stehen, schon fast von allein getrocknet."

„Sie machen es sich aber sehr einfach, meine Liebe!"

Die Dame von Welt war ein wenig verstimmt.

„Dann bringen Sie mir doch jetzt wenigstens die Karte."

„Die Verpflegung holen sich die Gäste ebenfalls selbst aus unserer Minikombüse."

„Sie meinen doch nicht im Ernst, dass ich hier wie ein Huhn in der Schlange stehe und auf mein Essen warte?"

Entsetzen zeigte sich nun auf ihrem Gesicht.

„Was gibt es überhaupt? Oh, du meine Güte? Nur ein Gericht? Keine Karte?"

Wie gelähmt sank sie auf ihren Sitz zurück.

Nun endlich glaubte sie an die Meuterei meiner Ein-Mann-Mannschaft. Dass der Kapitän oder die anderen Gäste noch nichts davon bemerkt hatten?

Vorsichtig still saß sie den Rest der Fahrt auf ihrem Platz. Verstohlen musterte sie diese kleine schwimmende Urlauberinsel durch ihre dunklen Gläser von Welt.

Wie konnte man Sie, eine Dame von Welt, nur so ignorieren und Sie mit diesem gemeinen Volk, das recht aufdringlich um Sie herum spazierte, auf eine Stufe stellen?

Sorry! Bei uns gibt es keine erste Klasse. Wir sind ein Spaßboot für jederman! Was nicht heißt, das wir auch mal Handtücher ausborgen oder das Essen an den Platz bringen. Aber das tun wir nur für nette Gäste!

Y - Yawl, Ahoi

Manchmal wäre es gut, wenn die Badehose eine Tasche hätte, groß genug für eine Plastikkarte.

Wir waren schon beim Lösen der Taue, als die zwei jungen Burschen angesprintet kamen.

„Hey! Halt! Nehmt uns mit!"

Sie machten es sich auf dem Sonnendeck bequem. Schnorchel und Flossen lagen schon bereit für die Erkundung der letzten Geheimnisse des Meeres.

„Gibt es auch Frühstück bei euch?"

Hörnchen mit Schokoladenfüllung, Kekse, das schon, aber ein kräftiges Omelett konnte ich den hungrigen Spätankömmlingen nicht bieten.

„Wir haben nämlich verschlafen und hatten keine Zeit mehr zum Essen."

Für's Erste taten es ein Kaffee und ein Croissant, aber große Jungs haben auch großen Hunger.

Beim ersten Stopp gab es vom Kapitän immer Hinweise zu bootsspezifischen Dingen. Das Wichtigste war das Signalhorn. Wenn das ertönte, ging die Fahrt weiter und alle Badenden wurden damit an Bord gerufen.

Die Jungs waren die ersten, die zur Buchterforschung ins Wasser sprangen.

Als beim zweiten Halt das Horn ertönte, hatte ich Gelegenheit, die Passagiere zu beobachten.

„Theo, warte! Da fehlen noch zwei."

Wieder ertönte das Signal. Aber keiner fühlte sich angesprochen. Die Menschen am Strand nicht und auch keiner der Schwimmer.

„Du hast dich bestimmt geirrt."

„Nein, habe ich nicht. Es fehlen die zwei jungen Männer, die heute Morgen fast das Boot verpasst hätten."

Ich lief auf das Vordeck.

„Die Rucksäcke sind hier. Flossen und Schnorchel fehlen."

Da mischte sich ein Gast in das Gespräch:

„Suchen Sie die beiden, die neben mir gelegen haben? Womöglich sitzen die hinten im Schatten, denn schon als wir von der Quinn-Bucht los gefahren sind, kamen sie nicht nach vorn."

Ich sah Theo an.

„Wir haben zwei Passagiere in der Anthony-Quinn-Bucht vergessen?"

Mir war plötzlich eingefallen, dass die beiden mich nach der Taverne am Hang ausgefragt hatten. Waren sie da etwa frühstücken gegangen?

Theo fing an zu lachen.

„Du wirst es nicht glauben. Auf dem Weg hier her hörte ich eine Anfrage über Funk, ob ein Schiff zwei Urlauber vermisst. Ich habe nicht reagiert und dabei waren es unsere!"

Auf dem Rückweg kreuzten wir noch mal in der Bucht und gaben Signal. Erfolglos.

Über Funk fragte Theo nach dem Verbleib der Gesuchten. Antwort gab das Glasboden-Boot. Es hatte die beiden Jungs bis Faliraki mit genommen.

Unser Tag verlief weiter nach Plan, mit Wassersportaktivitäten und Schnorcheln. Als wir gegen siebzehn Uhr den Mandraki-Hafen anliefen, standen schon die beiden jungen Herren an unserem Anlegeplatz.

Theo kann ja manchmal durchaus scharfzüngig werden.

„Wolltet ihr nicht eigentlich mit fahren? Eure Tickets habe ich, nur ihr wart nicht an Bord."

Sie hätten das Signalhorn in der Quinn-Bucht zwar gehört, sagten sie, aber wir hätten einfach nicht gewartet.

„Wo habt ihr denn den Ruf vernommen? Doch nicht vielleicht in der Taverne am Berg?", mutmaßte ich.

Das sei schon so gewesen, jedoch meinten sie, wir hätten trotzdem warten müssen.

„Müssen wir nicht. Könnten wir, wenn ihr das Boot privat gechartert hättet. Aber auch wir haben so etwas wie einen Fahrplan. Ihr habt gewusst, wie viel Zeit ihr ungefähr habt. Das sage ich bei jedem Stopp an. Und ich kann nicht ein ganzes Boot ständig auf ein paar Nachzügler warten lassen."

Damit beendete der Kapitän die Diskussion. Auch die übrigen Gäste sparten nicht mit anzüglichen Bemerkungen.

„Wie trampt es sich so, halb nackt, von Faliraki nach Rhodos-Stadt? Ohne Geld und Ausweise als Sicherheiten?"

Z - Zu langweilig

Nicht gerade freudig aufgelegt kehrte der Kapitän von seiner Besprechung zurück. Nach einigen vergeblichen Anfragen erfuhr ich dann doch den Grund des Ärgers.

„Es gab schon wieder Beschwerden. Wir würden den Gästen nichts bieten, eintönig wäre der Tag."

Daran musste ich denken, als zwei Tage danach Claudia vorbei kam, um ihre neue Gruppe für die nächste Fahrt anzumelden.

„Ich habe gehört, es hat erneut Beschwerden gegeben? Sind doch alles junge Leute! Da ist eine Tour auf einem solchen Schiff mit Wassersport doch eigentlich genau das Richtige? Warum gefällt es ihnen nicht?"

Wir wussten es ja. Doch wir standen unter Beweiszwang. Dieses spezielle Problem gab es nur mit diesem Reiseveranstalter. Noch kein einziges Mal hatte Claudia eine ihrer Urlaubergruppen auf der „Pirat" begleitet. Sie litt unter extremer Seekrankheit und schon beim Gedanken an ein Boot schwankte ihr Magen erheblich.

Nachdem auch diese Fahrt wieder nicht zur Zufriedenheit der Passagiere verlaufen war, trafen sich Theo und Claudia am Boot.

„Wir können da nur etwas ändern, wenn du mitkommst, Claudia. Nur ein einziges Mal!"

Reichlich Zeit investierte Theo in seine Überzeugungsrede. Endlich kapitulierte sie. Zur nächsten Tagesfahrt war die Reiseleiterin mit an Bord, voll gestopft mit Anti-Schaukel-Magen-Dreh-Um-Pillen.

Was sie nun erlebte, ließ sie verwundert schauen, staunen und schließlich lachen.

„Ich glaube, ich sollte mich mal mit unserem Organisationsstab zusammen setzen. Unsere Urlauber sind mit eurem Tag nicht einverstanden. Doch wie ich sehe, liegt der Fehler bei uns. Tut mir leid, aber jetzt habe ich gesehen, was ihr meint.

Wenn unsere Gäste am Abend vor der Fahrt mit euch ihre Disco-Tour haben und bis zum Hell werden feiern und Tanzen, sind sie verständlicher Weise müde und müssen den Schlaf nachholen. Und schlafenden Passagieren kann man nur schwerlich die Landschaft, das Schiff und das Meer, das Schwimmen und die sportlichen Möglichkeiten zeigen!"

EINE ERINNERUNG

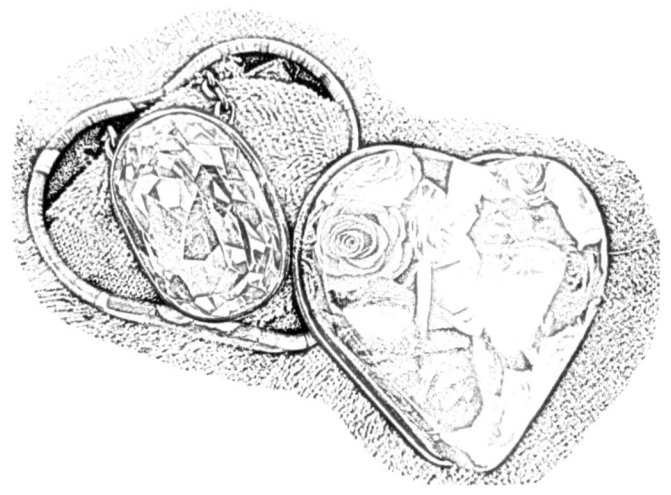

Mein Lieblingsbild

Der erste kalte Oktoberabend.

Es strahlen mehr Sterne vom bereits nachtschwarzen Himmel über mir als Laternen auf der Straße oder Scheinwerfer vorbei fahrender Autos. Es ist gerade mal kurz nach fünf Uhr.

Eingehüllt in meine Lieblingsjeansjacke – der Fellbesatz am Kragen streichelt sanft meinen Hals - sitze ich auf den Stufen zum Oberdeck, mit Blick auf die Mole von Rhodos. Die Lichter der gegenüber liegenden Cafés widerspiegeln falsche Tatsachen. Der frische Maistras hält selbst die wenigen noch vorhandenen Touristen in ihren Hotels.

Einen Tee wollte ich noch trinken, hier oben in der kühlen Abendluft, bevor ich mich in meine Bootskajüte zurückziehen würde. Doch aus einer plötzlichen Laune heraus wurde aus dem Tee ein eher alkoholisches Getränk, aus Rum und Wasser bestehend. Ich genieße die ersten Schlucke des heißen goldgelben Tasseninhaltes. Die Wärme des Alkohols durchflutet mich. Mein Blick ist auf die rote Nescafe-Tasse zwischen meinen Händen gerichtet. Umgangssprachlich würde man jetzt wohl sagen, ich bin wohlig entspannt.

Die Konturen der Tasse verblassen; das Rot zerfließt. In meinen Händen erscheint ein Grogglas in einem silberfarbenen Einsatz. Die Wärme ist nicht länger nur innerlich spürbar.

Die Heizung ist hoch gedreht, weil ich doch immer so schnell friere. Das kleine Wohnzimmer ist so anheimelnd mit all seinen vielen vielen Weihnachtsfiguren und der Pyramide und dem viel zu großen, aber so wundervollen Weihnachtsbaum, auf dem echte Kerzen brennen.

Wir sind erst vor wenigen Minuten von einem Ausflug ins winterliche Erzgebirge zurück gekommen. Es lag bereits Schnee und wir waren müde vom Laufen durch die vielen

vielen Geschäfte mit den phantastischen, noch oft von Hand hergestellten Holzarbeiten: den Nussknackern, Schwippbögen, Räuchermännern,Figuren und Spielzeug...

Und es war so kalt, so richtig knackig kalt. Ich sage knackig, weil sich dann jeder die Kälte auch so richtig vorstellen kann.

Wir stürmten aus dem Auto die fünf Meter ins warme Haus, erfüllt von den Eindrücken des Tages, beladen mit den Einkäufen des Tages, kämpfend mit der Kälte des Tages.

Noch im Flur – jeder war auf diesem eng begrenzten Raum gleichzeitig mit dem Abstellen der Taschen und dem Entledigen der Jacken beschäftigt – als die Hausfrau Dora die rettende Idee hatte: „Wie wäre es mit einem heißen Getränk zum Aufwärmen, bevor wir zu Abend essen?"

Einhellige Zustimmung!

„Was trinken wir: Tee, Kaffee oder", und es folgte eine kurze Pause des Überlegens,"..was haltet ihr von einem Grog?"

Vater Gerd war schon mit dem Auspacken beschäftigt und hatte nicht richtig zugehört.

Mutter Dora mixte also in vier Gläsern einen kräftigen Aufwärmer zusammen.

Sohn Tom zog sich mit seinem Glas auf sein Zimmer zurück – ein wichtiger Videofilm.

Vater Gerd war geschafft vom Tag und war lieber für ein kurzes Schläfchen vor dem Essen zu haben, ohne vorherigen Drink.

Über blieben Mutter Dora und ich. Nicht zu vergessen die drei Gläser Grog.

Dora setzte sich genüsslich in ihre Couchecke, ich drehte den Sessel. So saßen wir zwei Weiber mit unseren Gläsern in den Händen uns gegenüber und erzählten, quatschten, quasselten fröhlich und ausgelassen über , wie sagt man doch so schön, Gott und die Welt und unseren herrlichen Ausflugstag. Uns war immer noch kalt, der Grog wunderbar heiß und während der schnellen Bewegungen unserer Münder vergaßen wir trotzdem nicht, rasch und beständig unsere Zungen anzufeuchten und damit unsere Körper von innen her zu erwärmen.

In einer kurzen Redepause zeigte Dora auf das dritte, noch unberührte Glas.

„Was machen wir jetzt damit? Wenn es stehen bleibt, wird es nur kalt und nachher trinkt Gerd es auch nicht. Möchtest du?" Fragend schaute sie mich an.

„Danke nein, du. Ein Glas reicht mir völlig."

„Na dann erbarme ich mich."

Entschlossen griff Dora nach dem zweiten Glas.

Wir hatten gut zu Mittag gegessen in einem kleinen schmucken Restaurant an unserer Strecke. Aber das war schon wieder Stunden her und ich gestand mir ein, dass ich den Alkohol bereits ziemlich stark spürte.

Wir zwei wurden unmerklich lustiger, bis Dora bemerkte, sie müsse erst mal schnell eine gewisse Örtlichkeit aufsuchen. Der Wohnzimmertür gegenüber lag die Tür zum Keller. Da hatten meine Freunde vor Jahren die Räumlichkeiten zu einem hellen großen Bad mit Wanne, Dusche und Toilette umgebaut. Die Kellertreppe wies im oberen Teil eine leichte Biegung auf und führte relativ steil in die untere Etage des Hauses.

Ich saß mit angezogenen Beinen im Sessel, betrachtete die im Windzug der offenen Tür flackernden Kerzen, hörte die Kellertür und auch das knipsende Geräusch des Lichtschalters. Dann drang ein dumpfer Laut an mein lauschendes Ohr. Irgendwie erstarrte ich und wartete auf einen Schmerzenslaut von Dora. Statt dessen hörte ich sie plötzlich lachen. Das brachte mich auf die Füße, das Glas noch in der Hand, durch die Wohnzimmertür zur Kellertreppe. Ich riss die angelehnte Tür auf und...

Da saß Dora, in der Biege der Treppe. Sie lachte. Sie lachte so sehr, dass ihr die Tränen über die Wangen liefen. Ihr rundlicher Körper bewegte sich im Rhythmus des Lachens. Schwer nach Luft ringend, mit den Tränen kämpfend, die Gesichtshaut rot vor Anstrengung, brachte sie schließlich doch eine Erklärung heraus:

„Ich...ich glaube....der zweite Grog war wohl doch... zu viel. Es war ja auch mehr Schnaps als... als Wasser in den Gläsern."

Ich konnte nur nicken.

„Mir ist nichts passiert.... Ich bin gestolpert und musste... Plötzlich musste ich über mich selbst lachen..."

Dann prustete sie wieder los.

Bei ihrem Anblick konnte ich nicht länger ruhig bleiben. Ich platzte heraus:

„Wenn du dich jetzt so sehen könntest!"

Damit stimmte ich mit ein und wir lachten um die Wette. Sie blieb einfach da sitzen, wo sie saß.

„Ich kann mich nicht bewegen oder gar aufstehen, wenn du verstehst."

Ich selbst saß mittlerweile auf der obersten Stufe der Treppe. Wir amüsierten uns köstlich, die Tränen rauschten die Wangen hinab und unser Lachen hallte durch das Haus.

Wir scheuchten Gerd und Tom aus ihren lauschigen Verstecken, die völlig neben sich – und uns – standen und die Situation nur schwer erfassten.

Wie sollten sie auch!

Dabei war es so einfach!

Wir waren in dem Moment einfach nur zwei weibliche Wesen, die sich mochten, einen schönen Tag miteinander verbracht, bei einem Gläschen Gossip betrieben hatten und nun lachend für all das dankbar waren!

Ein leichter Hauch von feuchter Kühle trifft mein Gesicht und meine Hände. Das Grogglas löst sich auf und die rote Nescafe-Tasse manifestiert sich wieder vor meinen Augen.

Aber die Wärme verbleibt in meinem Herzen.

Ich habe sie so geliebt!

Wie oft haben wir uns in vergangenen Telefongesprächen gesagt, wir treffen uns bald wieder auf der Kellertreppe und dann gibt es wieder allerhand Neues zu erzählen. Als mich meine Freunde vergangenen Mai in Rhodos besuchten, machten sie mir damit ein unbezahlbares Geschenk. Sie sind wie eine zweite Familie für mich.

Ich liebe sie so!

Der Telefonanruf kam an einem heißen Nachmittag im Juli.

Ich habe Gerd angeschrien und immer wieder gefragt:

„Warum hat sie nicht gewartet?

Warum hat sie nicht, verdammt noch mal, noch zwei Monate gewartet, bis ich nach Hause gekommen wäre? Warum?"

Danach habe ich – allein mit mir auf dem Schiff – weiter geschrien, wie wahnsinnig getobt, gegen das Holz geschlagen, geweint, hysterisch geschluchzt, bis ich schließlich vor Erschöpfung an der Bar herunter gerutscht bin und da einfach lange lange auf dem Boden liegen blieb. Irgendwann danach bin ich zu den Felsen am Leuchtturm gelaufen, habe mich auf einen großen Felsbrocken gesetzt und Ewigkeiten auf das Wasser gestarrt.

Doch ich danke Gott von ganzem Herzen!

Das kleine warme Haus ist noch da für mich mit seinen Bewohnern Gerd und Tom.

Wann immer es meine Zeit (die verdammte Zeit) erlaubt, besuche ich sie.

Und wo immer ich bin und wann immer ich will, tauche ich ein

in mein Herz und zaubere Dora's liebes Bild hervor. Ihr so wunderschönes, lebendiges Bild, wie sie lachend auf der Kellertreppe sitzt.
Ich werde sie immer lieben!

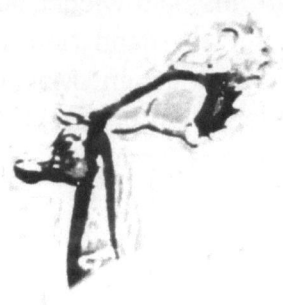

Weitere Bücher der Autorin

Figurina
Besuch im Zeitlosen
aus der Reihe
Schreiben mit der Kraft deiner Seele

Vampire auf vier Pfoten
Ein Husky auf Rhodos

Das große Verzaubern
Auskopplung der Märchen aus dem „Zauberspiegel"
E-Book

Das Touristen-ABC
Auskopplung aus dem „Zauberspiegel"
E-Book

Wendländische Märchenkiste
oder Peranticus erzählt; Teil 1

Das unheimliche Gasthaus
nach einer wahren Begebenheit
Peranticus erzählt; Teil 2

Der magische Stift
oder Mein Leben bewegen und positiv leben

Webseite: www.wortjuwel.de